AF149671

La lumière sur l'étrange vieille femme moche

Francis Thierry Boulanger

La lumière sur l'étrange vieille femme moche

Un thriller feelgood

Éditeur : BoD-Books on Demand
12-14 rond-point des Champs-Élysées, 75008 Paris
Impression : Books on Demand, Norderstedt, Allemagne

ISBN : 9782322094851
Dépôt légal : mai 2019

À mon épouse, ma fille et mon chat. À Marianne, Hervé et Gérard, mes compagnons de parking.

Tel était Pierre à 32 ans. Il n'était plus dans le coup Pierre. Il avait abandonné Paris. Il laissait la ville aux autres. Aux amis, aux touristes, à tout le monde. Fini le jazz. Fini l'opéra. On ne claquait plus des doigts. C'était l'étrange vieille femme moche qui avait raison.

Pierre Meyerson était un prodigieux mathématicien reconnu par ses pairs. Son aura rayonne encore dans toutes les universités du monde entier.

Il se rendait au supermarché, chaque samedi, à l'ouverture, à 08h30. Il faut dire que l'étrange vieille femme moche l'encourageait.

Sans le vouloir, il jouait avec les nerfs de Karine, hôtesse de caisse à mi-temps, et étudiante pour le reste.

Il passait son temps à courir après les produits « 100 % remboursés » du supermarché où travaillait Karine. Presqu'uniquement les produits « 100 % remboursés ».

« Y'en a pour cinquante euros ! » avait dit la petite vieille.

C'était une opération longue. Une opération très longue. Une opération qui réclamait la plus haute concentration. Pierre réunissait en général dans son cabas, une vingtaine de marchandises. Pour chacune, il devrait faire imprimer un ticket de caisse.

Il s'agissait des principes de base. Il y avait aussi des questionnaires de satisfaction. Il y avait aussi des points à collectionner. Pour 1500 points Panzani, on pouvait obtenir un sac de plage « Tomacouli ». La ronde des fromages distribuait des cartes à gratter. Dans un paquet de Kit-Kat on pouvait trouver le Kit-Kat d'or d'une valeur de 1000 euros. Pierre passait en caisse. Karine obtempérait, mais elle n'en pouvait plus de ce bonhomme. Pierre en fut toujours très gêné.

« Pas grave ! » déclarait la petite vieille.

Il avait honte. Honte de faire perdre du temps aux autres. Cela faisait plus de cinq ans qu'il se faisait rembourser des articles. Ces fameux articles qui vous interpellent en grosses lettres sur fond jaune. Satisfait ou remboursé ! Satisfait ou remboursé deux fois !

C'était un travail en fait. Un sacerdoce ! Avec sa période de repérage. Une très longue étape pendant laquelle Pierre allait scruter, rayon par rayon, les articles exposés en notant dans un carnet les références des produits bénéficiant d'une offre. Puis s'en suivaient des analyses, des calculs, des prévisions.

Ce n'était pas souvent amusant. Il y avait ces moments embarrassants comme lorsque quelqu'un posait le séparateur « client suivant ». Pierre ne savait jamais si le client précédent le remerciait ou le fustigeait mentalement. Le client qui le suivait devait, à coup sûr s'armer de patience.

C'était parfois pesant même. Il y avait ces moments où tout le monde semblait avoir perdu la notion de savoir vivre. Les adultes bousculaient sans s'excuser, les enfants criaient. Ça commençait sur le parking, où des accidents furent évités de justesse.

Karine n'avait pas vraiment l'intention d'obtenir une licence d'espagnol. Elle suivait les cours, plutôt plus fréquemment que ses camarades de classe. Elle avait des notes moyennes, mais elle était déjà exténuée. La grande distribution la tenait. À l'inverse des filles de sa promotion s'offrant des vacances dans le sud, Karine construisait sa carrière. Sans vraiment le voir clairement, elle lorgnait la place de chef de caisse.

Tout cessa pour Pierre à la mort de son épouse Marianne. Marianne fut victime d'un grave accident de la circulation. À cette époque, Pierre et elle vivaient à Paris. Elle avait traversé le boulevard Magenta, avec précaution, un peu machinalement, un peu distraite.

Elle était avocate d'affaires. Elle se concentrait sur sa dernière affaire. Une affaire assez banale de cession d'entreprise.

Elle portait encore sur elle, sa robe d'avocat. Pierre trouvait amusant qu'elle puisse porter une robe par-dessus une autre robe. Il se laissait souvent aller à la rêverie d'une plaidoirie se terminant par un effeuillage prude, où disparaîtrait l'habit de la justice au profit de la « Vamp ». Rêveur invétéré, il avait imaginé la situation pour à peu près tous les métiers. Il affectionnait celle de l'homme de Dieu se transformant en motard tout cuir.

Le conducteur de la voiture qui percuta Marianne ne s'était même pas arrêté. La police soupçonna une vengeance par homicide. Pierre avait même été entendu par des inspecteurs, qui par habitude voyaient un coupable idéal chez tous les maris du monde.

Le chauffard ne fut jamais retrouvé.

Pierre était un de ces mathématiciens de génie que tout le monde voulait s'arracher. Il travaillait dans la modélisation de situation politique. Avec des chiffres, des équations et des programmes informatiques. Il inventait des mondes virtuels. Ces mondes numériques étaient supposés imiter notre formidable monde réel. Alors à ces mondes virtuels, il soumettait des projets de loi, il ajoutait des candidats à la présidence, remuait un peu et regardait comment réagissaient les chiffres. Il semblerait que cela fut mieux que les sondages. Pas bien difficile de faire mieux !

Political Intelligence Agency, la société française qui l'employait, plus connue sous l'acronyme PIA, croulait sous les demandes des partis politiques de tout bord.

Pierre ne fut pas inquiété longtemps par la police, qui classa l'affaire sans suite.

Le cœur de Marianne arrêta de battre dans une chambre de l'hôpital de jour, Léopold Bellan, dans le 10ème arrondissement, quelques minutes après son arrivée. Pierre fut averti par un infirmier. Il se rendit sur place. Il arriva à l'hôpital le 05 mars 2011 à 22h35.

Il arriva trop tard.

Après s'être recueilli, Pierre erra dans la ville jusqu'au petit matin.

L'étrange vieille femme moche le suivait depuis la sortie de l'hôpital. Il ne s'en était pas tout de suite rendu compte. Un moment, lors de son errance, il s'arrêta rue d'Alesia à côté d'une épicerie vantant les mérites de son bon pain. Il trouva un banc et s'y assit. L'étrange vieille femme moche arriva peu de temps après et s'assit à son tour.

Un moment plus tard il prit un petit déjeuner dans un café, rue Vaugirard, puis rentra chez lui, la vieille à ses trousses. Il franchit le portail de sa maison en récupérant machinalement son courrier dans la boîte aux lettres.

D'aucuns auraient pu dire de Pierre qu'il ne réalisait pas ce qu'il s'était passé. Que Pierre prenait tout cela par-dessus la jambe. Qu'il n'avait pas tout saisi. La vérité était autre !

Pierre réalisait qu'il perdait la vie. Les rires, les voyages improvisés, les dîners, les spectacles devaient laisser place à la solitude encore. Il perdait l'amour de sa vie. Il l'acceptait mathématiquement, comme il acceptait l'infinie de la tristesse, qui assombrissait tout son être jusqu'à l'âme.

Alors seul dans la cuisine il inspecta le courrier, réduit ce jour-là à quelques prospectus. Son attention fut retenue par une de ces publicités gigantesques. Une sorte de journal. Un de ces journaux qu'il est impossible de tenir à bout de bras dans les transports en commun sans risquer d'éborgner un ou deux voyageurs.

La publicité disait ou plutôt criait « Satisfait ou remboursé à vie ! ».

La petite vielle femme moche y alla de ses tours de passe-passe. Elle fît appel à une sorte d'enchantement pour protéger Pierre et l'empêcher de sombrer. Ce ne fut pas la première fois qu'intervint l'étrange vieille femme moche dans la vie de Pierre. Cette fois-là encore elle improvisa et propulsa Pierre dans cette combine.

Pierre se mit à s'intéresser au processus. Comment cela marchait-il ? Découper des codes-barres. Oui. Demandez le remboursement des timbres. Oui. Remplir un questionnaire de satisfaction. Oui. Une réponse entre une à deux semaines. C'est parfait !

Pierre rejoignait le cortège des enfiévrés du consumérisme, poussé par un sortilège improvisé.

Tout était bon pour fuir. Il ne sombrerait pas.

C'est à partir de ce moment-là que Pierre s'en remit à la grande distribution comme on se lance en politique ou l'on se plonge dans la religion.

« Madame, Monsieur le vin Château Briand Bordeaux 1999 AOC, contenant des sulfites, acheté au Monoprix de Neuilly-sur-Seine, le 15 mars 2011 (dont vous trouverez l'original du ticket de caisse agrafé à cette lettre manuscrite) ne m'a pas donné entière satisfaction.

Il est probable que cette bouteille en particulier ne représente pas à sa juste valeur le travail des viticulteurs qui ont œuvré sur le breuvage.

C'est pourquoi, pour faire suite à votre proposition de remboursement à vie, je m'engagerai à consommer à nouveau cet article et à en demander le remboursement, tant que celui-ci ne me donnera pas entière satisfaction.

Veuillez, madame monsieur, recevoir l'expression de mes sincères salutations. »

Pour une première, Pierre n'y allait pas de main morte. Et hop ! Du vin rouge à vie !

« Cher monsieur Meyerson, nous vous remercions pour le témoignage que vous nous avez apporté concernant un de nos articles.

Il est important pour nous d'offrir à nos clients des produits de qualité, que nous nous efforçons de sélectionner, parmi les meilleurs fournisseurs.

C'est pourquoi vous trouverez en bas de cette lettre un bon de remboursement du montant de l'article qui ne vous a pas donné entière satisfaction.

Ce bon est valable dans tous nos magasins dont vous trouverez la liste au verso de ce document.

Afin de mieux vous servir, nous vous serions reconnaissants de remplir le questionnaire de satisfaction joint à cette lettre et de nous le retourner gratuitement dans l'enveloppe T prévue à cet effet.

Au plaisir de vous retrouver dans nos magasins,

Dominique Durand, Responsable qualité Monoprix. »

Il traversa péniblement l'épreuve des obsèques. Pour en finir avec Neuilly, il mit en vente l'appartement de six pièces rue de Chézy et acheta un pavillon de 150 mètres carrés et ses cinq hectares de terrain à Authie, dans le Calvados. Authie est à moins de six kilomètres de Caen, à dix kilomètres des plages et à trois heures de Paris. Pierre et Marianne y avaient passé de bons moments, à la fin du secondaire. Marianne avait son cousin Sébastien là-bas. Elle l'aimait beaucoup. Pierre aussi.

Durant les obsèques Pierre revit Sébastien. Il apprit que le cousin habitait alors dans le vieux Lille et exerçait le métier de costumier pour le théâtre et parfois le cinéma. Les deux se rappelèrent les ballades, les baignades à Arromanches. Ils prenaient l'autobus 74. C'est Marianne qui payait les billets. Sébastien payait les glaces. Pierre rien.

Le cousin confia à Pierre que Marianne rêvait d'acheter une maison à Authie. Comme tous les gosses qui se construisent une vie un catalogue 3 Suisses sur les genoux, elle avait peint très précisément la maison de ses rêves à son cousin, ses meubles, son jardin, son grenier, son étang avec des tortues... Pierre en fut bouleversé.

Il apprit ce soir-là que l'oncle de Sébastien vendait une maison à Authie. L'affaire fut conclue le soir même.

Ses employeurs acceptèrent sans hésiter qu'il travaille à distance et mirent en place les équipements nécessaires en un claquement de doigts.

Pierre devait tout de même, une fois par mois, participer à des réunions de travail à Paris et rendre visite à quelques clients importants, environ cinq à six fois dans l'année.

Même si Pierre parvenait à survivre après le décès de Marianne, il lui était impossible de survivre à Neuilly. Trop de lourds souvenirs. Il n'emporta que les souvenirs de voyages nécessaires dans la maison des rêves de Marianne.

Les souvenirs c'étaient par exemple certains jeux. Ils jouaient souvent à imaginer des procès. Marianne avait souffert pendant ses études du barbarisme que pouvaient représenter les mathématiques, pour nombre d'entres-nous.

Elle jouait souvent un réquisitoire tranchant comme lame contre les mathématiques, accusées dans un tribunal de la vengeance, d'avoir saccagé l'enfance, l'adolescence et même la vie de pauvres gens sans défense.

«Dira-t-on que les mathématiques sont étrangères à ces problèmes idiots de goutte d'eau, s'écoulant dans des baignoires, qui ont martyrisé des enfants depuis des siècles et des siècles ? S'emportait-elle.

La simple évocation de Cosinus et Sinus est toujours responsable de rechute de dépression, chez de nombreux sujets, jusqu'à aujourd'hui, poursuivit-elle.

Vous êtes responsable de tout ça ! Ayez au moins le courage de le reconnaître ! Lança-t-elle.

Certes il faut avouer que grâce à vous des progrès ont été possibles dans la médecine, le transport, l'astronomie ! concéda la femme de loi.

Ne prenez pas cet air satisfait ! Hurlait-elle. »

C'était le moment que Pierre préférait dans ces réquisitoires.

Évidemment le jugement était sans appel : « Coupable ! »

Dans les bons jours, les mathématiques écopaient d'une peine d'assignation à résidence avec obligation du port d'un bracelet électronique. Des années plus tard, Pierre écopait de la même peine. Coincé à Authie, dans le Calvados, lié par un semblant de vie sociale que procurait le travail par réseaux numériques interposés.

Pierre avait chiffré son malheur. Pierre chiffrait tout. Pierre couchait tout sur le papier. Il analysait, optimisait, rentabilisait, estimait, apportait des offrandes au dieu Probabilité.

Depuis la mort de Marianne, dès le lendemain matin exactement, il s'était investi dans les offres commerciales promettant de forts remboursements. Son cellier fut rapidement rempli de confitures, conserves, vins, jouets de plages, serviettes de plage. Après le cellier, ce fut le tour du garage puis des chambres d'amis, qui à ses yeux n'avaient jamais eu vocation à recevoir des amis. Chaque aliment, chaque ustensile, tout était étudié selon différents critères pouvant être calorifique, écologique, énergétique. Tout était classé dans des bases de données qui auraient fait pâlir de jalousie tous les instituts spécialisés.

C'était au-delà de ce que l'étrange vieille femme moche avait imaginé !

Ce que Pierre ne savait pas, c'est qu'à chaque demande de remboursement, (qui lui était toujours favorable), un département entier de PIA, lui était dédié, et agissait en secret, pour satisfaire toutes ses envies.

Étant donné l'importance des travaux de Pierre dans les milieux politiques, rien ne devait laisser place au hasard.

Le courrier papier, comme électronique du mathématicien, était scrupuleusement surveillé. Pierre était aussi suivi tous les jours par de discrets agents de l'état et ses conversations téléphoniques, qui se résumaient à des conversations professionnelles (Pierre ne côtoyait presque personne en dehors de ses collègues de travail quasi virtuel), étaient toutes écoutées.

Pierre semblait avoir inventé un mode de vie et une maladie. Personne n'y voyait rien à redire. Ses pots de confitures seraient toujours remboursés pour sa plus grande satisfaction.

Pierre ne travaillait pas le samedi. Le samedi matin, à 8 heures 30 précises, l'homme de chiffres se rendait à l'Intermarché de Louvigny au volant de son coupé sport.

C'est à dix minutes d'Authie par la D220. Sur place, il réunissait dans un sac recyclable les produits remboursables uniquement et se rendait à la caisse numéro une. Toujours la caisse numéro une.

Tous les samedis matin à 8h30 les caissières de l'Intermarché de Louvigny organisaient un tirage au sort. Le perdant de ce tirage au sort devrait démarrer sa journée à la caisse numéro une.

Depuis l'institution du tirage au sort, Karine, la moins aimable de toutes les caissières de la région, décrochait à chaque fois le gros lot. Comme si une loi de probabilité avait scellé dans le marbre cet état de fait, Pierre aurait pu expliquer le phénomène sans doute.

Pierre à ce jour était passé 240 fois à la caisse de Karine. Durant plus de 4 ans.

Ce jour-là Karine s'emporta :

« Vous allez nous emmerder encore longtemps avec vos remboursements à la con ? Ce à quoi Pierre répondit :

- Je n'ai pas encore analysé cette situation. »

Toute réponse aurait fait sortir Karine de ses gonds. Elle quitta en vacarme son poste de travail. Ce qui n'échappa pas à Monique, responsable de caisse, qui rejoignit au pas de course le lieu de la discorde. Après s'être confondue en excuses, avec une grande patience et de la façon la plus aimable, elle scanna article après article les marchandises de Pierre.

Pierre suait à grosses gouttes. Il n'avait pas eu à gérer de conflit depuis des lustres. Il se sentait responsable. La petite ne doit pas avoir de problème. La petite n'aura pas de problème. Pierre savait qu'il était influent. Il n'en n'avait jamais abusé. En fait, il n'avait jamais volontairement obtenu quoi que ce soit en usant d'appuis d'aucune sorte.

Pourtant, il pouvait bénéficier de tous les appuis provenant de gauche comme de droite, jusqu'au président lui-même. Ses travaux mathématiques valaient tout l'or du monde.

Sans qu'il le sache, les remboursements qu'il demandait étaient tous accordés. Si le moindre problème survenait dans sa vie, des gros durs déboulaient et réglaient le problème.

Si quoi que ce soit pouvait le retarder, un escadron de la gendarmerie réglait le problème.

Comme il soumettait tout au chiffre, le fait que ses demandes de remboursements touchaient au but sans anicroche le surprit. Il se doutait que quelque chose perturbait tous ses calculs. Mais il ne se doutait pas que cela venait de Political Intelligence Agency. Bien sûr, il n'imaginait pas qu'il était suivi. Pierre avait une confiance aveugle en PIA. Dans l'ordre d'importance, le travail du maitre des chiffres culminait à la première place et rien ne pouvait entacher les liens de vassalité entre le mathématicien et son employeur.

La petite ne serait pas inquiétée. Il n'allait pas régler l'affaire avec Monique. Il s'excusa tout de même pour le désordre qu'il avait provoqué. Ce à quoi Monique répondit qu'il n'avait pas à l'être et que cela ne se reproduirait plus.

En effet, en haut lieu, on souhaita que cela ne se reproduise plus.

Paul Legrand était le gérant de l'hyper de Louvigny. Dès la troisième, il s'aperçut qu'il n'était pas fait pour les études. Il quitta donc le collège avant la fin de l'année pour rallier les routes de France en tant que Vendeur Représentant Placier dans le négoce de vins.

Bon commercial, il enchaîna de bonnes affaires et fut rapidement promu directeur des ventes. Quand il eut amassé une petite fortune, il s'installa à Louvigny et prit en gérance la superette.

Paul avait reçu un matin la candidature de Karine par email. L'étudiante n'avait pas envoyé elle-même le mail. C'est sa mère qui avait pris cette initiative.

Madame Simone Lelong faisait des ménages chez les Legrand. Un jour, dans un état d'anxiété, elle demanda à Paul s'il avait un boulot d'été pour sa fille qui entrait à l'université.

Paul jeta doucettement :

« Bien entendu madame Lelong, un boulot et peut être même, un travail ! »

Sur quoi il se lança dans une diatribe sur l'emploi dans la grande distribution, la richesse de l'offre, la grandeur de cette belle famille qui nourrissait les foyers du monde entier. Diatribe qui échappa complètement à Simone qui attendait un numéro de téléphone ou un formulaire de candidature. Finalement, Paul lui donna son adresse de messagerie électronique.

Simone se voyait asséner un violent choc numérique. Elle n'avait jamais ouvert un ordinateur. Elle savait que Karine ne postulerait pas. Simone dû faire appel à son neveu Bertrand qui réparait les ordinateurs au noir. Bertrand lui créa un compte de messagerie, rédigea et envoya la candidature, imprima candidature et réponse et remit le tout en main propre à sa tante.

Il n'avait rien demandé pour tout ça. Simone glissa cent euros en billets de vingt dans la poche de son blouson, en lui répétant de ne rien dévoiler à Karine, justifiant par là le prix de son silence.

Silence qu'il rompit le soir même alors qu'il fumait un joint dans sa voiture avec Karine. Les cousins avaient pour habitude de se rencontrer de temps en temps le soir dans un parking, rue du cimetière Anglais à Louvigny, à l'abri des regards.

C'est Bertrand qui régalait.

En plus de dépanner les ordinateurs, il s'adonnait aux commerces de barrettes de haschich à Louvigny et ses environs. Pour sa cousine c'était gratuit.

« Tu sais que j'ai fait des affaires avec Legrand il y a des années de ça ?, fanfaronnait le jeune garçon.

-Tout le monde le sait, répondit la jeune caissière désillusionnée.

-Même ta mère !

-Surtout elle, rajoutat-elle en partant dans un fou rire incontrôlable, quoique légèrement exagéré. Le garçon, suiveur de nature, imita instantanément sa cousine avec encore plus d'exagération.

-À propos, finit par dire le jeune homme, tu sais qu'elle a filé ton CV au père Legrand ? »

Karine ne riait plus. Elle détestait par-dessus tout que l'on s'occupe de ses affaires. Sur le podium des gens devant absolument lui ficher la paix elle avait décerné la première place à sa mère. Cette dernière faisant tout pour conserver son titre.

« -T'es vraiment un pauvre con ! Exulta-t-elle.

T'as intérêt à tout me raconter et ne me prends pas pour une conne ! Rajouta-t-elle. »

Le cousin ne la prit pas pour une conne et raconta tout dans les détails. Elle se vengerait, de sa mère, de son cousin, de toute sa famille, de tout ce qui la mettait en colère. Vengeance et colère. Voilà ce qui animait la vie de Karine.

Le jour où Karine s'emportat contre Pierre, une heure après exactement, deux hommes, que l'on aurait pu qualifier de pas commodes, déboulèrent dans le bureau du directeur du supermarché.

De grands types habillés de noir de la tête aux pieds.

« Monsieur Paul Léonard Antoine Legrand, fiché pour trafic de stupéfiant en 1995, avez-vous une minute à nous consacrer ? interrogea le plus grand des deux inconnus.

- Mais de quoi s'agit-il ? Où croyez-vous être ? Vous savez à qui vous avez affaire ? grommela le gérant.

- Écoutez-moi bien. Surtout écoutez-moi bien. Si vous voulez garder votre BMW Série 1 toute option, votre maison à Arcachon, votre superette, écoutez-moi bien. Votre employée Karine Lelong, vous la virez ! On ne veut plus la voir ici ! Vous faites ce que vous voulez, mais dès aujourd'hui, elle ne doit plus travailler ici !

-Et vous, c'est qui ? demanda Paul.

-Nous, ce n'est personne. Vous ne nous avez jamais vu et il vaut mieux pour vous que l'on n'ait pas à se revoir. Dans votre intérêt je vous dis adieu. »

Les deux hommes repartirent dans une voiture tout terrain noire aux vitres opaques.

Paul replongeait dans la vie de VRP en négoce de vins qu'il avait menée, conjointement au trafic de drogues douces et dures.

Vendre des spiritueux l'avait amené à partager des moments de convivialité où l'alcool et les stupéfiants faisaient bon ménage. Le calcul était facile à faire. Légalement vendre du vin le jour et illicitement de la « dope » la nuit, le rendrait riche beaucoup plus vite qu'il ne l'avait prévu.

Le hic c'est qu'il avait un jour recruté un petit voyou, alors qu'il opérait pour son travail légal dans le Nord Picardie, qui se targuait d'avoir du bon matos.

Ce petit voyou, Bertrand Lelong, s'était débrouillé pour ramener de Hollande un bon kilo d'herbe d'exception de la « Sinsemilia ». La Sinsemilia est issue d'une technique de culture de chanvre, où l'on sépare les pieds mâles des pieds femelles, de manière à obtenir une herbe sans graine, plus efficace. « Sin » sans et « Semilia » la graine.

Paul avait rencontré le jeune homme sur le parking d'une salle de concert à Caen. Les deux étaient fans du groupe de rock « The White Stripes » qui passait dans la région à cette époque-là.

Cela devait être son dernier coup. Il sentait que son "business" devenait trop risqué. On aurait parlé de prudence s'il avait choisi un autre associé que Bertrand.

Le gamin était aussi discret qu'un trombone au milieu d'un quatuor à cordes. La police avait mis son portable sur écoute. Sans même faire semblant de dissimuler les noms lors de ces conversations, Bertrand se vantait ouvertement de ses deals, dont celui avec Paul – qui, lui, avait eu la bonne idée de lui cacher son vrai nom - à tous ses amis.

Le deal était le suivant. Paul, qui se faisait appeler Ludovic, donna un rendez-vous dans une chambre de l'hôtel Ibis dans le quartier du Prado.

Ludovic, donc, amenait un sac d'argent et Bertrand un sac d'herbe. La chambre était louée au nom de Bertrand par Internet. Chacun repartait dans son coin et l'affaire devait être réglée.

Tous ces détails étaient connus de la police, qui avait investi les lieux en civil. Heureusement, Bertrand se rendit sur les lieux sans drogue. Il s'était fait dérober la marchandise en route alors qu'il s'était arrêté pour faire le plein d'essence et qu'il avait laissé la voiture ouverte avec les clés sur le contact. Son incapacité à garder quoi que ce soit de secret et, au contraire, à jacasser à qui voulait bien l'entendre - et ils étaient peu nombreux- lui jouait encore un tour.

Les voleurs l'avaient suivi depuis son départ et n'attendaient que le moment propice pour s'emparer de la marchandise. Paul, lui, n'avait pas oublié l'argent. Il ne l'avait pas apporté et dès le début ne comptait pas le faire. Une bonne claque pour le gosse, il prendrait l'herbe et à lui les bénéfices.

La police, aussitôt que les deux pieds nickelés du deal d'herbe furent dans la chambre, assaillit les lieux. Ils n'avaient pas d'herbe, pas d'argent liquide, juste deux imbéciles qui allaient payer cher leur incompétence.

Si Bertrand prit deux mois ferme pour trafic de stupéfiants, Paul, lui, protégé par quelques clients de son travail régulier, dont quelques juges et des personnes importantes de divers ministères, échappa à la prison.

En revanche, il perdit son emploi et on lui suggéra vivement d'éviter le négoce.

Le gérant de la superette savait bien que toute cette histoire ressortirait un jour des ténèbres. Mais il ne s'imaginait pas que des types de la mafia ou d'on ne sait où lui ressortiraient l'affaire.

Tout ça pour une conne de caissière complètement à la masse. Une histoire qui venait juste d'arriver à ses oreilles et qu'il avait l'intention de régler par un bon petit rappel à l'ordre et puis n'en parlons plus. Il valait mieux faire ce qu'ils voulaient et virer cette Karine au plus vite.

Pierre rentra chez lui encore troublé par l'affaire Karine. Il avait l'intention d'appeler le directeur du magasin. Il se procura le numéro du gérant en passant par les bases de données de sa société.

Il appela donc la ligne directe de Paul Legrand.

Le gérant décrochait :

« Oui, Paul Legrand, vociféra-t-il.

- Bonjour, Monsieur Legrand, je suis Pierre Meyerson, un client de votre magasin. Une de vos employés et moi avons eu un différend et je souhaiterai que vous ne lui en teniez pas rigueur.

- Oui, la petite Karine ? C'est réglé, je viens de la licencier pour faute grave. »

Pierre était effondré. Par sa faute une pauvre innocente perdait son travail. Il s'était aperçu au fil de sa vie que pour lui tout avait été facile, jusqu'à la mort de sa femme.

Il avait vécu dans un milieu aisé. Il n'avait jamais rencontré de difficulté dans sa scolarité, ni dans sa vie professionnelle. Il rencontra Marianne au lycée. À partir de là, sa vie qui était heureuse devint savoureuse, douce. À quelques heures de vols de papillons de la perfection.

Il concevait donc que tout le monde n'était pas aussi bien né et en aucun cas, on ne devait être responsable de la misère des autres qui peinaient jour après jour.

« Licenciée ? Mais pourquoi ? Pourquoi avoir fait ça ? Elle n'y est pour rien. Il faut absolument que l'on se voit.

- C'était une décision difficile, monsieur Meyerson. Mais je ne reviendrais pas là-dessus. Je vous invite à prendre rendez-vous auprès de ma secrétaire, mais sachez que je pars à l'étranger pour deux semaines. Nous réglerons donc cela une autre fois. Bonne journée monsieur Meyerson. »

C'était incroyable. Mathématiquement invraisemblable. Pierre obtenait tout ce qu'il voulait depuis sa plus tendre enfance et souvent même sans avoir à le demander et voilà qu'un petit directeur de province lui raccrochait au nez.

Il s'apercevait qu'il perdait son calme.

Naturellement, il reprit ses esprits en s'octroyant une pause. Face à son infusion « Éléphant relaxation et antistress » qu'il possédait en 33 exemplaires, il réfléchit et arriva à prendre la décision suivante : prendre un congé. Il avait besoin de temps.

Il prenait pour la première fois en deux ans un congé de deux semaines.

Sans plus tarder, il envoyait un mail à son chef, signifiant qu'il avait besoin de 15 jours de congés et qu'il reprendrait ses fonctions le 23 mars prochain.

Le chef répondit immédiatement par la positive. Cependant, chez Political Intelligence Agency, c'était la panique complète.

Pierre travaillait sur un gros contrat à l'international et le logiciel qui devait découler de ses travaux allait donner naissance à un gros marché dans le domaine de la simulation politique. Il ne fallait pas qu'une caissière de superette trouble cela.

Des mathématiciens, des logisticiens, des psychologues, des historiens, des informaticiens avaient été réquisitionnés en toute hâte pour prendre une décision. Licencier Karine ou pas.

Le rapport des éminences grises et des supers calculateurs fut unanime à 99,8 %. Il fallait que Karine retrouve son travail. Les psychologues avaient rédigé la note suivante :

« La réhabilitation du travail de Karine va être un évènement narcissique positif qui va entraîner chez le sujet un surcroît de motivation dû à un effet bénéfique provenant des endorphines ou endomorphines, ces peptides qui ont une action similaire à l'opium et la morphine.

L'effet pourra être effectif à long terme. »

Les deux hommes en noir reprirent du service. Mais cela ne fut pas aussi simple qu'à leur première apparition.

D'abord Paul, sentant des ondes négatives, avait pris le large et avait laissé femme, enfants et employés paître pour s'octroyer du bon temps en Italie du sud.

Au moment où les hommes en noir approchaient de sa superette, le gérant roulait dans la voiture d'un de ses amis sur l'autoroute A26.

Peu de temps avant son départ il avait convoqué Karine et lui avait signifié son licenciement pour faute grave.

La jeune fille avait réagi avec peu de délicatesse en lui crachant au visage et le traitant de tous les noms. Quand enfin elle quitta le bureau, elle ne put s'empêcher d'envoyer l'ordinateur portable de Paul contre le mur, ce qui l'endommagea irrémédiablement.

Après cela Karine à son tour disparut de la circulation. Le soir des évènements elle ne rentra pas chez ses parents. Son téléphone portable n'offrait que la routine de son répondeur et il allait de même pour le téléphone fixe de son studio à Caen.

Les hommes en noir étaient sur le parking du supermarché en train de faire leur rapport quand Pierre arriva d'un pas décidé, prêt à résoudre une injustice.

Ayant eu le loisir de repérer les lieux, il avait bien remarqué que les locaux de la direction se trouvait en haut d'un escalier, accessible par une porte se situant à droite de la caisse centrale. Il se dirigeait à vive allure vers le bureau de Legrand.

Il ne vit pas tout de suite Alice Vandermeeren qui lui tendait un prospectus et même manqua de peu de la bousculer. Il dû interrompre sa course, en s'excusant poliment auprès de la jeune fille.

Avec son sourire éclatant, ses grands yeux verts, ses taches de rousseur et sa longue chevelure cuivrée, Alice était d'une beauté déconcertante.

Dès le plus jeune âge, elle s'était investie dans diverses causes allant de la protection des tigres aux droits des détenus de tous les pays. Elle militait auprès d'Amnesty International, Unicef, les petits frères des pauvres et bien d'autres ONG.

Elle préparait, lors des événements relatés, un Master de Droit spécialité protection des personnes vulnérables, dans le but de rejoindre une ONG de son choix.

Il n'était pas rare de la retrouver le samedi en train de collecter des denrées pour la banque alimentaire.

Ce jour-là, elle distribuait des prospectus pour inciter les clients à faire un geste pour la bonne cause et aiguillait les donateurs vers des aliments pour bébés qui manquaient dangereusement en cette saison.

Machinalement, Pierre saisit le prospectus qu'elle lui tendait. Poliment, il écouta son discours bien rodé. Il était question de petits pots pour bébés, de couches, de petits jouets, de livres pour enfants.

Pendant cette énumération, Pierre tombait dans les yeux d'Alice. Comme d'un toboggan interminable il tombait, voltigeant de gauche à droite. C'était effrayant et agréable à la fois.

Lorsqu'il s'aperçu qu'Alice ne disait plus rien, il réagit en courant presque vers le magasin.

Il avait l'air d'un fou. Toute la configuration de ses rayons changeait. Il allait dans un des rayons qui n'avaient jamais retenu son attention. Aujourd'hui il n'était pas question d'offre promotionnelle.

Il remplissait un panier de pots, puis s'aperçu qu'un panier n'était pas suffisant. Il opta alors pour un de ces caddies porte-paniers et remplit les contenants de petits pots et de couches du modèle 3, 4 et 5 de la meilleure marque, enfin au prix le plus élevé.

Puis il laissa près des caisses ce caddie porte-paniers et en remplit un autre de jouets et de livres de Petit Ours Brun, de Oui-Oui, de coloriages avec leurs crayons de couleurs puis passa en caisse.

Pour supporter le tout il acheta aussi des sacs recyclables. Il se présenta enfin à Alice, en inventoriant, sans se tromper, le contenu de ses achats, non sans bafouiller ni passer encore plus pour un dément.

Alice, c'était assez son genre les doux dingues, et ce dingue-là ne lui était pas indifférent. Sans un mot, afin de laisser un peu de répit à son chevalier du jour, elle l'aida à remplir les caddies mis à disposition de la banque alimentaire.

Enfin elle affirma :

« C'est très rare que l'on donne autant. C'est vraiment généreux de votre part !

Pierre, dépassé, mais quasi apte à entretenir une conversation, concéda :

- C'est la première fois que je fais ça.

- Eh bien pour une première vous vous en sortez bien !

- Merci, répondit-t-il, d'habitude j'achète pour moi des produits remboursés uniquement, précisait-t-il. Vous savez, par exemple, sur le riz Taureau Ailé cuisson 5 minutes, en ce moment il y a une opération « satisfait ou remboursé » ? »

Puis, comme tous les idiots ne sachant pas séduire, il raconta tout de son expérience des produits remboursés.

Pendant presqu'une heure il expliqua comment il avait amassé des gâteaux, du riz, du blé et des jus de fruits. Quelle somme au total cela représentait. Il donna des détails techniques sur la manière de représenter les vitamines ou oligo-éléments de ses acquisitions dans des diagrammes barbares.

Tout cela était parfaitement inintéressant. Alice, bien qu'un peu séduite par le personnage et toujours prête à écouter son prochain, avait bien souvent décroché durant tout le « blabla ».

À la fin du monologue, Alice indiqua qu'elle était très admirative et suggéra que cette façon de faire pourrait s'apparenter à une lutte moderne et espiègle contre le système de consommation.

Puis, à son tour, elle partit dans un monologue sur les exactions des groupes industriels, la « malbouffe » et la cause animale.

Pierre, lui, ne décrocha pas une seconde.

Là, à la sortie d'un supermarché, il ressentait vraiment, avec cette jeune fille, le sentiment d'appartenir un peu au monde.

Un petit peu plus aujourd'hui.

Depuis la mort de Marianne, il avait quitté le monde. S'isoler, se suicider, perdre la tête, revenait à participer à une équation sans solution.

Exister dans le monde, très peu, juste travailler, étudier, continuer ses recherches, modéliser la vie. Il avait fait ce choix car il respectait la vie. Mais il était incapable de continuer comme avant.

Sans Marianne il ne pouvait pas écouter des opéras, aller au cinéma, sortir. Il ne pouvait plus revoir ses amis ni s'en faire de nouveaux.

La première option qui s'offrit à lui fut de se réfugier dans un sortilège, de se réfugier dans ces offres de remboursement. Il tint comme ça durant plusieurs années.

Plusieurs années sans s'intéresser à autre chose que les remboursements de crème dessert et autres pâtes à tartiner. Pendant ces années il eut un emploi du temps sans loisirs, sans barbecue, sans fête de la saint Jean, sans pendaison de crémaillère, sans cinéma, sans concert, sans fête foraine, sans randonnée, sans anniversaire, sans bouchon des départs de grandes vacances, sans météo, hors du monde.

Karine, pour la première fois depuis quatre ans, l'obligeait à prendre des congés. Alice, par sa présence, le rappelait au monde des vivants.

Ils étaient capables, l'un et l'autre, de surenchérir dans leur domaine de prédilection et discuter au moins jusqu'à la fermeture du magasin, mais Lucie qui passait par là interrompit les deux orateurs.

« Salut Alice, tu ne connais pas la dernière ? demanda Lucie, prenant exprès une voix de folle-dingue.

- Non, mais je sens que tu vas tout nous dire, répondit, agacée, Alice qui ne portait pas du tout la jeune fille dans son cœur.

- Elle s'est fait virer et... Lucie insista longuement, très longuement sur le « et », elle est portée disparue. Sa mère la recherche partout !

Il parait qu'elle a pété les plombs avec un débile genre - je reste trois heures à passer à la caisse parce que je suis trop un radin et je veux me faire rembourser mes pâtes - qu'elle s'est fait virer et qu'on l'a vue sortir du bureau du dirlo en gueulant des trucs comme il va le payer le mongole, ils vont tous payer.

Je suis sûr qu'elle va foutre le feu à sa baraque à ce connard ! »

Pierre et Alice eurent d'abord un regard complice, point de départ d'un fou rire incontrôlable.

En lâchant :

« Mais ils sont tous débiles ou quoi ? » Lucie venait d'attiser d'autant plus l'hilarité qui commençait même à devenir douloureuse pour les deux compères du jour.

Lucie n'avait d'autre choix que de laisser choir là ces deux crétins. Puis d'un pas unanime les deux rieurs cessèrent de plaisanter pour se diriger vers la sortie du magasin. Pierre, d'un geste, désigna sa voiture qui était garée comme d'habitude juste devant la superette.

Ils montèrent en même temps. Après qu'Alice eût attaché sa ceinture, Pierre démarra et prit la direction d'Authie.

Durant le trajet Alice raconta à Pierre comment Karine, qui en pinçait pour Stéphane, son frère ainé, avait franchi les limites lorsque ce dernier l'avait éconduit sans ménagement.

Karine, Lucie et Alice ont suivi toutes les classes du collège ensemble. Pour fêter leur brevet, avait été organisée une fête chez Alice. L'ambiance était bonne enfant : Punch léger, Techno douce, grillades et pizzas.

Stéphane, arguant qu'il était chez lui, avait invité quelques amis pour écluser des bières et fumer des joints au fond du jardin.

C'était le coin des grands et personne ne s'y aventurait. Enfin presque personne. Karine, qui s'enorgueillissait de ne sortir qu'avec des terminales tenait là un cheptel de choix.

Assis en tailleur, tous en cercle, Stéphane et ses amis, 19 ans en moyenne, riaient atrocement fort.

Alice avait prévenu Karine, connaissant son goût pour les grands garçons :

« Ne va pas les voir quand ils sont entre eux, ils sont complètement cons, surtout s'ils sont bourrés. »

Lucie avait prévenu en soufflant le chaud et le froid. « Il est trop mignon Stéphane, mais qu'est-ce qu'ils sont cons quand ils sont bourrés. »

Mais Karine y alla. Elle s'imposa tout l'après-midi. Elle s'imposa le soir. Elle s'imposa le week-end. Elle les suivit jusqu'en Hollande la semaine suivante où ils rejoignaient des amis du coté de Delft près de Rotterdam.

Karine tentait de séduire Stéphane aussi délicatement qu'un forgeron travaillant un fer à cheval. Stéphane finit par céder mais comptait, une fois revenu en France, mettre un terme à cette amourette. Karine rêvait. Ils avaient un studio à Caen. Il lui achètera de petits bijoux sur le marché. Elle lui roulerait ses joints à la perfection.

Nuages.

Ils restèrent quatre jours à Delft. À peine furent-ils revenus, que Stéphane mit fin à leur petite idylle. Karine était folle de rage.

Alice comprit par la suite que c'est son frère qu'elle aurait dû mettre en garde et non Karine car, le lendemain même de la séparation, Stéphane fut roué de coup par des inconnus dans sa propre maison.

Deux hommes s'étaient introduits chez les Vandermeeren. Stéphane dormait tranquillement.

En un éclair, il se retrouva au sol avec une arcade sourcilière, deux côtes et le tibia cassés. En tout, deux mois passés à l'hôpital. Six mois de rééducation. Jusqu'à aujourd'hui sa démarche irrégulière et saccadée portait la marque d'une Karine vengeresse.

En partant, les agresseurs avaient laissé sur la table de chevet une poterie représentant un moulin à vent.

Quand ils arrivèrent chez Pierre il se félicitèrent de ne pas voir la maison en feu. Mais quand ils parvinrent à quelques mètres de la porte d'entrée, ils comprirent rapidement que quelqu'un était entré.

À l'intérieur, tous les murs étaient maculés de confitures. La scène ressemblait à un champ de bataille où les camps opposés utilisaient des conserves de fruits en guise d'arme.

L'ordre venait de très haut. Personne ne réchapperait à cette bataille. Il en allait de l'honneur du pays tout entier. Toutes les munitions, soient plus de mille litres de fruits cuits, seraient utilisées. Aucune chambre, aucun couloir ne ressortirait intact de cet affrontement. L'Histoire réclamait cette bataille ! L'Histoire aurait un récit !

Karine et son cousin n'avaient eu aucune difficulté pour rentrer. La porte n'était pas fermée. La jeune fille remontée et son caporal, en voyant les victuailles entassées un peu partout, se lancèrent presque immédiatement dans leur entreprise de démolition.

Le garçon par pur goût pour la dégradation. Karine parce qu'elle reconnaissait chaque pot de confiture, chaque remboursement associé à chaque pot. Elle revoyait la tête de Pierre, les yeux baissés en train de s'adonner à son hobby idiot. Fuyant. Trouillard. La honte. La honte de se faire payer des confitures et des slips Dim « Targa ». La honte de montrer à quel point cette vie sur terre est déjà assez à chier pour qu'elle devienne un peu plus merdique avec des cons pareils.

Karine aurait bien mis le feu aussi mais son cousin, qui avait eu une mauvaise expérience de la prison, et cela bien qu'il ne brillât pas par une grande sagesse, avait précipité leur départ. Ce qui lui valut quelques coups de poings au visage et au foie.

Chez Political Intelligence Agency c'était le chaos complet. Des dépêches de plus en plus alarmantes tombaient chaque instant.

* Karine introuvable.

* Maison de Pierre saccagée par vandalisme

* Pierre repéré sur route de Caen en compagnie d'Alice Vandermeeren (casier vierge – Militante)

* Directeur magasin repéré sur A26

* Directeur du magasin appréhendé

* Karine et cousin retrouvés et appréhendés

* Pierre arrivé au domicile d'Alice

* Pierre dîne avec Alice

* Pierre passe la nuit au domicile d'Alice

* Sortie domicile Alice

* Alice entre Monoprix Caen

* Alice achat : Confiture – Brioche – Œuf : 7,50 €

* Retour Alice domicile Caen

L'étrange vieille femme moche était littéralement entrée dans la vie de Pierre alors que celui-ci avait à peine onze ans. Ce jour-là, Pierre attendait dans la voiture de son père, Gustave Meyerson. L'homme était en train d'abaisser la devanture de son magasin : la célèbre pâtisserie Meyerson.

La vieille arrivait de nulle part. Elle était apparue, comme ça, un jour dans la vie du garçonnet, à l'arrière de la Renault Espace bleu nuit de Gustave. Le garçon était assis à l'avant en train de parcourir les stations de la bande FM radio après radio. Dans un sens puis dans l'autre.

Gustave, le héros de Pierre, était un des meilleurs pâtissiers de la capitale. La famille du côté du père avait, en son sein, d'illustres personnages. Presque tous, chez les Meyerson, avaient, d'une manière ou d'une autre, marqué leur temps. À l'exception peut-être de Ferdinand un lointain cousin de Gustave, comptable de son état, qui sans avoir été médiocre n'avait jamais fait sensation autour de lui. Ce qui ne l'empêcha pas de vivre une vie heureuse et épanouissante.

On peut cependant lui accorder un soir de novembre 1973, d'avoir retrouvé le stylo plume de l'architecte Harry Seidler (Harry Seidler était un architecte australien d'origine autrichienne) qui était venu rendre visite au grand patron. Le soir même, le patron offrit à tous un verre de champagne, ce qui constituait tout de même un assez grand exploit !

Pierre avait onze ans et était en droit de s'asseoir côté passager. Il avait senti la présence de l'étrange vieille femme moche à l'arrière du véhicule. Il laissa la radio un moment, puis se retourna. Sa première réaction, ne fut pas la peur. D'ailleurs, il n'eut jamais peur de la vieille. La première réaction était en parfait accord avec la juvénilité du gamin.

Il la trouva moche et vieille. D'ailleurs, avec la franchise incontestable des enfants, il lui dit :

« Qu'est-ce que t'es moche !

- Je sais que je suis moche ! Rétorqua la femme.

- En plus t'es vieille ! Ajouta le petit. »

La longueur des conversations entre la vieille et Pierre ne fut jamais plus importante. Bien souvent, ils ne se parlaient pas du tout. Le reste du temps, comme dans un rite, le petit trouvait l'étrange vieille femme moche et cette dernière ne démentait pas.

Pierre ne se formalisa jamais sur ce que l'on pourrait appeler des hallucinations. L'étrange vieille femme moche était bien réelle pour lui. À chaque fois qu'il se mettait en colère, il l'invectivait violemment :

« Tu es moche, moche, mooooooooche ! Et comme dans un mantra en duo, l'étrange vieille femme moche acquiesçait en disant :

- Oui moche ! Moche ! »

Parfois elle disparaissait deux ou trois jours après les échanges les plus violents.

Ce qui pouvait faire penser à des hallucinations fut la coïncidence des apparitions et disparitions de la vieille avec des évènements marquants dans la vie de Pierre.

Pour le reste, il aurait été difficile de se faire un avis. Certes, la manifestation avait tout l'air d'une hallucination visuelle. Mais il est rare que les hallucinations durent aussi longtemps.

Qu'un jeune homme à la suite d'un chagrin amoureux dialogue avec son ancienne compagne trois jours durant, puis avoue ensuite que tout cela avait été fantasmé, n'est pas un fait isolé.

Que pendant plusieurs années des hallucinations interviennent dans des cas de démence cela a été vu aussi.

On aurait pu incomber à Pierre l'attrait des chiffres, de la précision et le goût pour l'ordre à de la monomanie. Ceci pouvant expliquer des phénomènes hallucinatoires prolongés.

Mais rien de ce que vivait Pierre, rien de ce qu'il ressentait n'avait de relation avec un quelconque trouble mental.

Gustave Meyerson était un enchanteur pâtissier. D'ordinaire joyeux et agréable, renforcé par sa fonction – connait-on des pâtissiers antipathiques ? – l'homme faisait à lui seul rayonner le quartier avec sa bonne humeur.

La vitrine de sa boutique se visitait. Sans écart de conduite, une foule passait et repassait devant-elle pour admirer au mieux le spectacle. Chacun voulait, avant de faire un choix, profiter du reflet des abricots des Oranais. La dentelle des paris-brest suggérait des voyages gustatifs audacieux. On sentait passer, à travers la vitrine, l'odeur du rhum et de la vanille des cannelés cuivrés, si lisses, tellement appétissants.

N'en pouvant plus, les clients finissaient par entrer dans la boutique, quelles que soient leurs forces de caractère et ressortaient toujours avec la rareté qui leur faisait envie. Enfin.

Officiant comme traiteur, Gustave fort de sa renommée dans le quartier, avait conquis l'arrondissement, puis la capitale lui ouvrant les portes du monde. Il ne comptait plus les princes de ce monde pour qui il avait confectionné des entremets et des desserts.

De tout ce beau monde c'est avec Lachlan Andersen, un puissant industriel australien, et sa femme Mary qu'il entretenait les meilleurs rapports.

C'est en mai 1990, lors d'un dîner à l'ambassade de France que Gustave Meyerson avait rencontré le couple Andersen. Mary qui avait un faible pour la noisette, s'était émerveillée de la tartelette pomme noisette que Gustave avait préparée ce jour-là.

La pâtisserie avait folle allure avec ses reflets d'or. Elle évoquait une petite boussole dont le verre aurait été fait de caramel étincelant.

Le dîner était en l'honneur d'un ex-ambassadeur, ancien énarque, devenu président directeur général d'une entreprise de construction navale. Le principal sujet de discussion tournait donc, ce soir-là, autour de la mer. Gustave et les Andersen devenaient naturellement proches. Gustave leur confia qu'il envisageait de parcourir les mers du monde avec son épouse, une fois que leur fils unique saurait se prendre en charge.

Il parlait de sa femme et de son fils dans un anglais parfois un peu confus, mais qui contentait Mary et Lachlan.

Par la suite, les Meyerson et les Anderson se visitèrent régulièrement. Évelyne Meyerson commissaire-priseur à l'hôtel Drouot, adorait chiner au « Canberra Vintage & Collectible Centre », une sorte de dépôt de bric-à-brac à Canbera où les deux femmes s'amusaient beaucoup.

Le 25 juillet 1995, Pierre jouait avec les boutons de l'auto radio, dans la Jaguar Sovereign de Philippe, son oncle paternel.

Oncle Philippe, en tant qu'architecte, aimait faire le tour des constructions dont il avait établi le projet architectural et vérifier que l'on avait pris en compte ses recommandations. À Paris, il était redouté car rarement ses visites ne se déroulaient dans le calme.

Que l'on ait changé la couleur d'un tabouret et il vociférait, allant jusqu'à menacer d'un procès.

Ce jour-là, il se dirigeait, avec son neveu, vers l'avenue Montparnasse pour déjeuner à la Coupole.

Son surnom était « L'Ombre ». On louait ses services très chers. Paradoxalement, il habitait dans des quartiers moyens près des aéroports, alors qu'il pouvait sans limite vivre dans des palaces. Il vivait dans des immeubles, dont la façade ne laissait pas présager à quel point l'appartement qu'il possédait pouvait être luxueux.

Quand, dans un jeune couple, l'un plonge le nez de l'autre dans sa coupe de glace débordant de chantilly, la réplique est légère.

Quand un enfant à la garderie en frappe un autre avec un jouet en bois, l'autre répond en frappant à son tour avec un jouet en bois.

Quand un petit dealer se fait voler son territoire dans une ville moyenne de province, le dealer va exécuter l'autre de sang-froid et récupère son terrain.

Quand on trahit la confiance d'un membre d'un cartel de la drogue, on fait appel à « L'Ombre ».

Il arrive que des évènements se percutent. Il arrive que des individus se retrouvent là où on ne les attendait pas.

Ce vendredi 25 juillet 1995, le Neptune Reef, un yacht appartenant à Douglass J Barnes un riche pétrolier australien, mouillait au large de Melbourne.

Le vieux Barnes y avait organisé une fête. Peu de temps avant cela, le directeur de la compagnie pétrolière avait mis fin à des relations entretenues avec des cartels de la drogue mexicains. L'attrait du gain l'avait amené à approcher ces milieux risqués. Le vieux Barnes retira un maximum de dollars de cette collaboration mais, la presse commençant à s'intéresser à cette relation dangereuse, le vieux décida de tout abandonner pour se racheter une vertu.

Les fêtes qu'organisaient Barnes étaient connues dans le monde entier pour leur faste.

Hudson et Matthew Walker, deux frères originaires de Nouvelle-Zélande, avaient planifié depuis des mois l'enlèvement de plusieurs invités de la fête ayant lieu ce samedi.

Les frères Walker officiaient dans divers domaines, comme le braquage à mains armées, le racket, le trafic d'héroïne et enfin l'enlèvement. En dépit d'un tel palmarès les frangins ne brillaient pas pour leurs méthodes et leur savoir-faire.

Ils péchaient même par bêtise. Ils avaient en tête depuis plusieurs mois d'enlever plusieurs invités du pétrolier Barnes. Par on ne sait quel stratagème, ils avaient réussi à se procurer la date de la soirée et la liste des invités de la fête organisée ce samedi. Pour réaliser des économies de bouts de chandelles, ils avaient acheté au marché noir des téléphones supposés sécurisés. Pour aller plus loin dans la stupidité, ils avaient jugé utile, peut être par l'appât du gain, de réclamer une rançon au vieux Douglass avant de procéder à l'enlèvement avec leur soi-disant téléphone indétectable.

En moins de dix minutes, la police avait intercepté les deux hommes sur Glen Eira Road près de l'arrêt de bus Hood Crescent. Par mesure de sécurité, des hommes avaient été envoyés sur le Neptune Reef, afin de vérifier que tout allait bien à bord.

Le vieux Barnes avait l'habitude des menaces. Dans son métier, c'était le lot quotidien. Dès qu'il eut Hudson Walker au téléphone il comprit qu'il avait affaire à des débutants. Il raccrocha aussi sec.

L'oncle Philippe aimait bien aller déjeuner à Paris, à la Coupole avec son neveu Pierre. C'était leur rendez-vous. En dehors de son métier, oncle Philippe se passionnait pour les mathématiques et les sciences et voyait en Pierre, un fantastique connaisseur qui, du haut de ses onze ans, était capable de lui donner le change.

Alors qu'ils étaient particulièrement absorbés par une discussion sur les intégrales définies et, plus généralement, sur les travaux de Siméon Denis Poisson le mathématicien français, l'étrange vieille femme moche, que Pierre n'avait pas vue depuis au moins trois jours, tressautait sur une chaise.

Au même moment, à quelques tables plus loin, on fêtait l'anniversaire d'une starlette du petit écran qui évoluait dans un jeu passionnant les personnes âgées et les chômeurs. Il arriva que les deux adeptes des dérivées et autres sommations se soient attardés à regarder ce jeu télévisé faisant appel au calcul mental.

L'étrange vieille femme moche ronchonna dans son coin car elle avait complètement perdu l'attention du jeune Pierre. Sans sommation l'oncle et l'enfant avaientt rejoint la table de l'invitée d'honneur.

« L'Ombre » aperçut la vedette des policiers se diriger vers le Neptune Reef. Une pression du pouce sur un téléphone cellulaire réduit en cendre un navire de plusieurs tonnes.

« L'Ombre » laissat encore derrière lui des orphelins et des fantômes. La nouvelle se propagea dans toutes les rédactions, le traiteur parisien Gustave Meyerson et l'industriel Lachlan Andersen comptaient parmi les nombreuses victimes d'un attentat à Melbourne, en Australie.

Philippe Meyerson apprit la mort de son frère sur son téléphone cellulaire. Il n'était pas un grand adepte de ce genre de gadget, mais ce jour-là il attendait un appel important de Rome pour un chantier d'envergure. La nouvelle l'anéantit.

Il était encore avec Pierre à la Coupole où ils avaient fini par sympathiser avec Fiona, la présentatrice à l'honneur. De son chagrin il ne laissa rien passer. Il laissa Pierre un moment entre les mains de Fiona et entreprit d'appeler Évelyne. Peut être pour accuser la douleur, la conversation tourna rapidement à : « Qu'allait-on faire de Pierre ? »

Évelyne ne voulait pas voir son fils comme ça. Elle avait besoin de temps. Ce soir. Ce soir tard.

Philippe accompagné de Fiona, emmena Pierre dans des endroits fantastiques. Palais de la découverte, suivi de la Cité des sciences avec passage dans les boutiques.

Grand luxe. Barbe à papa. Pour finir, un cinéma après dix heures du soir. À minuit et demi, le petit dormait de tout son long à l'arrière de la Jaguar sous le regard de la vieille qui n'avait jamais été aussi noir. Évelyne entendit le bruit des pneus sur le gravier de la cour. Philippe monta le petit dans sa chambre. Demain elle lui dira.

Plusieurs semaines après le décès de Gustave Meyerson passèrent avant qu'Évelyne, sa veuve, ne quitte la chambre à coucher. Elle y était restée prostrée, les yeux fixant le plafond qui n'offrait qu'un banal écran de plâtre. Pierre ne fut pas affecté par l'isolement de sa mère, ayant choisi, lui, de passer sa peine et sa colère sur l'étrange vieille femme moche.

C'est oncle Philippe qui veilla à ce que mère et fils prirent le minimum vital de repas. Fiona aida l'architecte dans cette tâche.

Une sorte de relation amoureuse commençait à s'établir. Mais ce n'était pas le bon endroit, ni le bon moment.

L'étrange vieille femme moche dégustait. Pierre lui criait dessus, la menaçait et l'insultait. Ce n'était pas vraiment son tempérament, mais il y a des moments où l'on ne peut rien faire d'autre. Pendant ce temps, l'étrange vieille femme moche exécutait une sorte de danse faite de petits sauts, parfois en avant, parfois en arrière et aussi de côté. Pierre n'en était pas sûr mais il aurait vu la vieille taper dans ses mains aussi.

Au bout d'un moment (devait-on mettre cela sur le compte de la fatigue ?) la danse de la vieille commença à amuser le petit. Parfois, il riait même franchement. En plus, la vieille exagérait ses étranges pas de danse et les agrémentait de petites comptines de sa composition :

« Le matin ce n'est pas pour le scorpion. Le midi ce n'est pas pour le héron. Le samedi c'est chez le Léon. L'été ce n'est pas coton. » La pauvreté de ces rimes et la chorégraphie faisaient vraiment marrer le gosse.

Le jour où la mère quitta la chambre, elle fut intriguée par les rires de l'enfant. Nébuleuse, elle emboîta le pas en direction de la chambre de Pierre.

Le spectacle lui parut irréel, comme si elle plongeait dans le film « Mary Poppins ». Son fils était en train de suivre du regard un ami imaginaire en gesticulant et riant de plus belle.

Quand Pierre s'aperçut de la présence de sa mère, il se jeta dans les bras de celle-ci pour l'étreindre.

Le soir, oncle Philippe et Fiona, ayant pu s'apercevoir que cela allait mieux, tirèrent leur révérence. En dépit des invitations répétées émises par Évelyne pour que le futur couple reste dîner, les deux amoureux filèrent vers une féérie parisienne orchestrée par Cupidon lui-même. Pierre et sa mère n'en revenaient pas. Il avait dû se passer quelque chose qui leur échappait totalement.

À table, Évelyne ne put tenir bien longtemps et ne résista pas à interroger Pierre sur ces drôles de visions.

Elle n'y alla pas par quatre chemins. D'une part, elle avait toujours entretenu des conversations franches avec Pierre. D'autre part, elle était habituée au petit côté ésotérique de son fils.

Elle avait, par exemple, pu remarquer la communication non verbale entre Pierre et des animaux sauvages, notamment des corbeaux.

Un soir de fin d'automne, alors qu'elle se promenait avec son fils dans les bois, elle avait pu voir que Pierre, alors âgé de sept ans, avait à ses pieds trois corbeaux qui semblaient communiquer avec lui. Les corbeaux les avaient suivis depuis le début de la promenade. À un moment, Pierre fit part à sa mère du fait que les corbeaux souffraient de la faim. Qu'il était difficile pour eux de se procurer de bonnes petites musaraignes. Ils allaient parfois en ville où ils trouvaient des sandwichs à la viande, mais beaucoup trop épicés. Et puis, la ville c'était l'horreur. Toujours des problèmes. Surtout avec les pigeons.

Évelyne avait bien compris qu'il tenait cela des oiseaux eux-mêmes. Elle proposa alors à Pierre de suggérer aux oiseaux de passer ce soir à la maison, et qu'elle leur préparerait quelques steaks hachés, pas trop épicés, accompagnés de pommes de terre.

Afin de statuer sérieusement sur la proposition de l'humaine, les corbeaux s'approchèrent donc du petit Pierre.

« Ils réfléchissent. Indiqua Pierre à la maman.

- Très bien ! Répondit Évelyne. »

Les oiseaux sautillèrent une minute ou deux puis s'effacèrent en un instant. Ils revinrent deux minutes plus tard. Réflexion faite, les oiseaux acceptèrent le menu. Ce soir-là, tous dinèrent du même repas. Par la suite, des étrangetés comme celle-ci apparurent encore et finirent presque par entrer dans le cours de la vie normale des Meyerson.

Quand Évelyne apprit l'existence de l'étrange vieille femme moche, elle ne put réprimer sa désolation de voir que Pierre se conduisait de manière impolie. Elle lui rappela qu'il ne fallait pas insulter les gens. Que c'était très méprisant d'agir de la sorte envers cette dame.

Pierre, d'ordinaire calme et courtois et répondant toujours en faisant appel à son intelligence plutôt que d'instinct, ne put s'empêcher de rétorquer :

« Elle est vieille et elle est moche ! »

Lui qui allait révolutionner les mathématiques n'avait pour axiome qu'une très, très modeste : « Elle est vieille et elle est moche. » C'était un peu léger.

Encore sous le coup de la fatigue, bien que décidée à dénoncer cette attitude machiste, Évelyne en resta là.

Par la petite lucarne de la maison psychologie, on aurait pu apercevoir un enfant orphelin de père se retrouvant avec deux mères. Il y avait sans doute une symbolique à cela.

La mère et le fils vivaient avec l'étrange vieille femme moche des jours tranquilles. Avec le temps, c'est la mère qui tenait compagnie à l'étrange femme ou peut être bien l'inverse. Pierre grandissait, il avait de moins en moins besoin de la vieille.

Il asseyait de plus en plus sa position de mathématicien de génie. Il avait en affection les probabilités, qu'il maîtrisa très rapidement. À l'université, il rencontra Marianne. Ils se plurent tout de suite. Assez vite aussi, Marianne rencontra la mère de Pierre. Elles se déplurent tout de suite. Marianne rencontra la vieille. Elles s'adorèrent tout de suite.

Marianne était une fille qui aimait la simplicité. Elle était franche et ne se privait jamais de donner ses vraies opinions. Le fossé entre Marianne et Évelyne était infranchissable. Évelyne, amoureuse du luxe, de la subtilité, des objets et du raffinement, ne supportait pas les soi-disant manières de Marianne.

Personne n'était jamais venu chez les Meyerson sans émettre un compliment sur tel meuble, tel bibelot, tel tableau de la maison. Les compliments allaient droit à Évelyne, qui aimait et savait raconter les histoires de ces objets inanimés mais pas anonymes.

Pour Marianne, le plastique était aussi beau que le marbre. Une causeuse était un inutile canapé que l'on peut aisément remplacer par de bonnes chaises (en plastique).

Elle avait vécu dans un milieu modeste où l'on réparait ou rafistolait dans un réel esprit de conservation. Évelyne restaurait ou faisait restaurer du mobilier Empire, chez Marianne on avait ce qu'il fallait comme bande adhésive ultra-résistante.

En définitive, même en laissant de côté ce schisme de la décoration d'intérieur, les deux femmes finirent par trouver le moyen de s'éviter complètement.

Marianne obtint sans plaider la garde du fils et de la vieille. Tous les trois allaient vivre à Neuilly-sur-Seine dans l'Ikea le plus total.

Pierre se passionnait pour les extravagances de sa femme. Elle travaillait avec les plus grands et continuait à avaler des boîtes de salade mexicaine Petit Navire.

Le samedi après-midi elle flânait chez Tati, alors qu'elle avait passé la semaine sur de gros dossiers comme ceux des galeries Lafayette. Elle achetait des Kickers après avoir porté, chaque jour, une tenue Balenciaga. Elle pouvait d'ailleurs mixer, plus ou moins habilement, du Cartier avec du Pantashop. Pierre adorait ça. Lui, qui pouvait tout prévoir, n'essayait même pas avec Marianne. Il se laissait conduire dans toutes sortes de danses, allant de la valse en passant par la mazurka. Sa vie était une comédie musicale aux tonalités acidulées, baignée hiver comme été dans de jolies lumières pastelles.

Une sorte d'équilibre s'était installé. Pierre progressait rapidement dans ses travaux de devineresses numériques. Le pouvoir était à celui qui savait s'entourer des meilleurs universitaires, ces futurs mousquetaires des algorithmes.

De l'autre côté de la balance, Marianne déambulait chez C&A avec la vieille.

La vieille aimait Neuilly. Elle aimait par-dessus tout Paris. Elle aimait la Seine, particulièrement les abords du pont Alexandre III. Elle aimait le Louvre, bien sûr, et la Butte-aux-Cailles et même la rue Vaugirard.

Elle avait sauvé de la folie une mère et son fils. Elle était une sorte d'ange gardien en un peu déluré. Jusqu'à la mort de Marianne, elle profitait d'un long congé. Elle n'avait rien à faire pour que les jours succèdent aux nuits. Puis vint le drame, bêcheur, rabat-joie qui vous reconduit aux vestiaires, abandonnant collants verts et strass.

Ressusciter un homme une fois de plus. La tâche était ardue. Il faudra du temps. En réalité, Pierre n'avait pas, du jour au lendemain, basculé dans le monde des économes, des réguliers et autres consuméristes sans y avoir été un peu poussé. La petite vieille avait quelques pouvoirs. Un petit tour de passe-passe et Pierre noyait son chagrin dans le pain de mie Harrys.

D'une certaine manière, fréquenter les familles Saurin, Saupiquet, Beghin-Say donnait à Pierre l'impression de garder un peu plus longtemps, un peu, sa tendre auprès de lui.

Une fois Pierre avait écrit une lettre en mentionnant Marianne :

« Madame, monsieur, Mon père était Gustave Meyerson le célèbre traiteur, vous avez sans doute entendu parler de lui. Mon palais a été éduqué. Tout ce que j'ai pu avoir à table, enfant, n'était que prestige et délice.

Ainsi, l'avis que je donne sur votre velouté de poireaux et pommes de terre Liebig est à prendre dans le contexte que je viens de situer. Cependant, devenu adulte, une fois marié mon régime alimentaire a gagné en simplicité. Ma femme affectionnait l'alimentation industrielle.

J'ai eu de belles années donc aussi, où la purée Mousline avait sa place dans nos placards, tout comme votre bisque de homard d'ailleurs.

Comme d'autres, vous proposez le remboursement de votre produit si ce dernier ne nous satisfaisait pas. Je dois donc vous avouer, qu'en l'état, votre velouté de poireaux et pommes de terre, et cela en dehors de toute considération gastronomique, manque cruellement de poireaux.

En dehors de toutes considérations gastronomiques, car il ne s'agit pas de mentionner le gratin de poireau sarrasin et truffes que préparait mon père. (C'était le plat préféré de ma mère). Il s'agit plutôt de la promesse faite par l'emballage.

Au premier plan, comme à l'arrière-plan on voit très distinctement des poireaux fort appétissants. Or, en respectant le dosage eau/soupe (et même en ajoutant moins d'eau) la promesse n'est pas respectée.

En se basant sur les images on peut considérer que l'on a affaire à 355 grammes de poireaux. Pour atteindre la concentration nécessaire et au regard des analyses que j'ai fait faire (Je dispose de laboratoire dans ma société), il faudrait utiliser 28,5 % de poireaux en plus dans votre préparation.

Vous trouverez en pièce jointe les preuves d'achats nécessaires.

Bien à vous.

Pierre Meyerson »

Quand Pierre écrivait à Liebig ou une autre firme de l'agro-alimentaire, c'est généralement Tatiana Bodrovics qui recevait le courrier. Entre temps les hommes de Political Intelligence Agency avaient intercepté le pli et l'avait envoyé, par coursier, au service consommateur de la société Event 92 Boîte postal 42 à Issy les Moulineaux.

Cette société, évidemment, avait été créée par Political Intelligence Agency dans le seul but de suivre le dossier Pierre Meyerson. Tatiana recevait donc, assez régulièrement, des courriers initialement destinés à Kellog's, Maison du café, Amora et bien d'autres.

Avec un DEA de sciences cognitives et un Master en marketing de la consommation, elle était entrée chez Political Intelligence Agency en tant que directrice des projets. Elle accomplit cette tâche avec brio, jusqu'au jour où on lui imposa de s'occuper du courrier.

Elle s'était d'abord résolue à donner sa démission, mais quand on lui annonça qu'il s'agissait de venir en aide à Pierre Meyerson, elle n'hésita pas une seconde. Elle appréciait Pierre. Elle avait peut être même un peu le béguin pour lui. La mort de Marianne avait chamboulé tout le monde chez Political Intelligence Agency.

En tant que directrice des projets, Tatiana passait beaucoup de temps avec Pierre. Elle aimait sa discrétion et le fait qu'il fut agréable et prévenant avec elle. Il la félicitait régulièrement sur sa thèse et les travaux qu'elle avait produits autour des algorithmes évolutionnaires et de la modélisation cognitive.

Une fois ou deux, ils avaient pris un verre ensemble lors de déplacements. Elle le préférait hors du contexte du travail. Même s'il restait très discret, il lui arrivait de parler un peu plus de lui-même.

Pierre la faisait rire. Sa vision de la vie, si détachée de la réalité, son optimisme mathématique, sa capacité à s'émerveiller d'un rien, tout ça la touchait.

Elle ne devait pas se trahir quand elle répondait aux lettres de Pierre. Elle devait peser toutes les implications induites par chaque réaction au courrier de Pierre. Généralement, il s'agissait de répondre de manière monocorde en réalisant un virement bancaire. Parfois, il était nécessaire de fournir des échantillons.

C'était déjà reprendre contact avec Pierre. Tatiana y consacrait toute son âme.

« Monsieur Meyerson, Nous sommes tous, ici, de grands admirateurs de votre père et c'est un honneur que vous nous faites en nous faisant part de vos réactions, que nous considérerons avec la plus grande importance. Nous regrettons que vous n'ayez pas été totalement satisfait par notre velouté poireau-pomme de terre. Il va de soi que le remboursement de votre achat a immédiatement été pris en charge par notre service et que le virement est en cours.

Les remarques que vous nous avez suggérées ont bien été intégrées et nous avons le plaisir de vous transmettre en avant-première notre nouvelle recette, qui je l'espère contiendra, dans de parfaites proportions, les quantités de poireaux que vous nous avez suggérées.

Nous espérons que cette recette vous satisfera, votre femme et vous. Nous avons hâte de recevoir vos impressions sur cette nouvelle recette.

Cordialement, Anne-Sophie De Boulogne.

Responsable qualité Liebig. »

Un brillant mathématicien courait les offres promotionnelles chez Intermarché. Une brillante scientifique d'origine russe rejoignait le service qualité, affublée d'une particule qui pouvait suggérer qu'elle était issue de la branche de Godefroy de Bouillon et Lambert II de Lens.

Les étoiles se confondaient avec la folie du monde. Le chaos des hommes dans un carnaval de dupes.

« Chère Anne-Sophie, vous ne pouviez pas le savoir, mais hélas ma femme a quitté ce monde. Elle aurait apprécié votre recette.

Son préféré était votre bisque de homards. Mais, elle aimait bien le dimanche soir s'offrir le souper d'un velouté poireau-pomme de terre suivi d'une tartine de Boursin aux fines herbes.

Un soir, pour je ne sais quelle raison, ma mère était venue nous rendre visite à l'improviste. Je vous raconte cela car j'y pense tout en vous écrivant. J'avais insisté pour que ma mère reste dîner et je m'apprêtais à appeler un ami restaurateur qui nous aurait livré un délicieux repas. Ma mère est assez sophistiquée.

Elle refusa catégoriquement que nous nous fassions livrer mais accepta l'invitation. Ce dimanche-là, je devais prendre l'avion pour Copenhague et allais partir de manière imminente. Il était vraiment important que je me rende au Danemark mais je n'avais pas envie de laisser les deux femmes qui ne s'appréciaient guère. Je fus contraint de partir. Je ne sus de ce dîner là que le menu : Velouté de poireaux et pommes de terre, Boursin aux fines herbes et compote pomme-banane.

Les deux femmes ne s'adressèrent plus un mot depuis ce dimanche. La teneur en poireaux est parfaite, mais et j'aurais dû vous en faire part plus tôt car je m'en doutais, la teneur en sel est trop importante. Une diminution de 3.56 % serait très bien. Mon père aurait été très content de travailler avec vous. Il n'avait jamais refusé de collaborer avec les entreprises de l'agroalimentaire, mais en son temps ce n'était pas des choses qui se faisaient rapidement. J'espère ne pas trop vous ennuyer avec mes histoires. Vous devez avoir des travaux plus importants à traiter que de suivre, malgré vous, ce feuilleton épistolaire où je figure en bonne place en personnage radoteur et pointilleux. Je vous souhaite de passer une excellente journée et de rencontrer le moins possible de poison comme moi ;-)

Cordialement, Pierre Meyerson.

PS : J'utilise peu les émoticônes, mais je tenais à vous avertir du fait que, d'une part je plaisantais, et qu'écrire cette lettre m'a un peu mis en joie, Anne-Sophie. Il y a longtemps que je n'avais pas senti cela.

PS 1 : Seriez-vous de la lignée de Godefroy de Bouillon ? »

Alice Vandermeeren avait suivi Pierre chez lui. Constatant que la maison du mathématicien avait subi un sinistre de confiture, il lui parut naturel d'héberger Pierre par la suite. Elle marchait vers sa maison. C'était cinq ans après. Revenant de l'épicerie, elle transportait les mêmes confitures. Ses idéaux l'avaient amené à conduire des opérations humanitaires au Bangladesh.

Elle avait travaillé dans un orphelinat à Mirpur. On ne sut pas ce qu'il se passa, mais un jour elle arrêta tout. Ils s'étaient difficilement mis ensemble avec Pierre. Tout avait démarré comme une belle histoire, un peu hors du temps, mais tout cela avait fini par s'aigrir vite. Pierre était retourné au travail. De plus en plus, il partait en voyage, pour rejoindre telle ou telle sommité de la recherche scientifique.

Les actionnaires de PIA étaient aux anges. Entre deux aéroports, il avait réussi à faire un enfant à Alice. Alice s'occupait de monter à Nantes un projet d'école Montessori.

Maria Montessori est née le 31 aout 1870. Elle a vécu dans une famille bourgeoise. Son père était comptable. Elle tomba amoureuse des mathématiques. Elle voulait devenir Ingénieur. Son père, lui, la rêvait enseignante. En 1890, elle entra à l'université en sciences naturelles, ayant à l'esprit de faire médecine. En dépit de l'hostilité rencontrée due au fait que peu d'hommes voyaient d'un bon œil l'entrée d'une femme dans cette discipline, elle entra en faculté de médecine à Rome, en affichant des notes brillantes. En 1896, elle soutient une thèse sur les hallucinations antagonistes. À 26 ans, Maria devient la première femme médecin d'Italie. En 1907, Maria Montessori ouvrit « la casa dei bambini », la maison de l'enfant, la première école Montessori.

En 1938, dans une interview avec le journaliste Gustav Czopp elle affirmait :

« L'enfant ne peut se défendre seul naturellement, mais par cela ce sont les pères qui doivent le faire. »

À la naissance d'Hugo, Pierre, fou de joie, mit un terme à ses voyages et fit installer par Political Intelligence Agency un bureau à Nantes. Pierre fut ensuite touché par un mal qui ne l'avait jamais effleuré, le stress. Au même titre que l'analyste comptable en période de bilan, que le journaliste avant le BAT, que l'écrivain à qui il manque un millier de signes, Pierre connaissait maintenant le stress. Les décalages horaires, la fatigue, les repas trop rapides ne l'avaient jamais affecté et voilà qu'il avait même des angoisses maintenant. Il pensait à la mort de son père.

Il avait fait des recherches. Il avait obtenu des rapports d'enquêtes. Il en savait plus sur « L'Ombre » que la majorité des agences de renseignement du monde entier. Il savait à tout moment où se trouvait les frères néo-zélandais aussi. Une mécanique se mettait en place de jour en jour. Ses pensées étaient de plus en plus polluées par un sentiment de vengeance, lui qui était pourtant non violent.

Chaque jour, de manière obsessionnelle, il revivait l'assassinat de son père. Au fur et à mesure se mélangeaient d'autres sentiments. Qu'il ait dû quitter à la hâte la maison à Authie le rendait furieux. C'était aussi la maison de Marianne.

Ça n'allait pas avec Alice. Ça n'allait pas bien dans sa vie. Pour la première fois, il consulta. Au hasard, il choisit un psychologue à Nantes.

C'était utile. Il commença à aller mieux. L'étrange vieille femme moche, à sa manière, l'aida à aller mieux aussi. Ce ne fut pas chose simple. Pierre l'avait chassée à maintes reprises. Elle n'apparaissait presque plus.

Le lundi 23 juillet 2023 à 14:25, au 14 de la rue Mondesir dans le quartier chic de Monselet, Pierre s'était rendu à son bureau, pour rédiger une note sur les interfaces cerveau-ordinateur.

C'était une belle journée. Le matin, Alice et lui avaient déjeuné dehors. Pierre avait saisi un pot de confiture et en le tenant au-dessus de la table, avait demandé :

« Tu te souviens ?

- Chaque jour que Dieu fait, répondit Alice en faisant mine d'une très grande lassitude. » Cela avait suffi à provoquer un fou rire comme celui de leur rencontre.

C'était une belle journée. Alors que Pierre s'apprêtait à se lancer dans une grande réflexion sur l'algorithme de Dijkstra pour résoudre un problème de recherche de chemin le plus court, l'étrange vieille femme moche apparut, assise sur le bord de son bureau.

« Ah non, pas aujourd'hui ! S'écria Pierre. »

La vieille, en amenant son index à ses lèvres, lui fit signe de faire le silence. Elle se leva et fit quelques pas en direction de la porte d'entrée du bureau. Puis elle fit volte-face avec le mathématicien.

Elle se tenait là, pour une fois bien habillée, d'un tailleur Givenchy écru en soie. Il se passait quelque chose. Subitement elle disparut. Contre toute attente, apparaissaient à sa place Maria Montessori et son fils Mario en personne ! Après s'être éclairci la gorge discrètement, Maria dit :

« Je n'ai pas pu prendre soin, chaque jour, de mon unique enfant. Ce n'est qu'à l'âge de douze que j'ai pu avoir Mario à mes côtés, à la mort de ma mère. Je me suis occupée de milliers d'enfants à travers le monde et Mario m'a toujours accompagnée. » ajouta-elle dirigeant son regard vers son fils. Mario fit une sorte de grimace qu'on pouvait aisément traduire par : pas mieux !

Puis elle ajouta :

« Alice a eu beaucoup de courage au Bangladesh ! » Elle termina :

« Elle fait du bon travail avec l'école. » Mario déposa alors sur le bureau, en guise de présent un exemplaire de son œuvre : Les tendances humaines et l'éducation Montessori.

Puis, se dirigeant vers la porte d'entrée, la mère et son fils disparurent à jamais. Pierre ne reverrait plus jamais non plus l'étrange vieille femme moche.

Comme le firent Alexander Graam Bell et Thomas Edison, Pierre Meyerson soutint financièrement la fondation Montessori.

Pierre continua à consulter mais son état s'était vraiment bien amélioré. Était-ce dû à l'intervention de la vieille ? Le docteur Jean-Philippe Servat, lui était d'une aide précieuse. L'école Montessori que dirigeait Alice était un franc succès.

Contrairement à Marianne, Évelyne la mère de Pierre, adorait Alice. À la naissance d'Hugo, Évelyne avait prêté main forte. Évelyne fut aussi une confidente formidable. Alice eût beaucoup de chance de l'avoir près d'elle. C'est ainsi qu'Alice avait pu tenir pendant la crise que le couple traversait.

Avant de connaitre Pierre elle avait vécu avec une petite frappe du coin. C'était sa période « voyou brun ténébreux ». Le type lui prenait son argent, vivait chez elle, mangeait salement et revenait la plupart du temps ivre et couvert de coups. Il ne l'avait jamais frappée, mais il avait sur elle une emprise psychologique. Elle eut du mal à se séparer du pauvre homme. Elle s'était laissée embobiner. Peu de temps avant de rencontrer Pierre, elle était rentrée chez elle s'attendant à retrouver l'appartement en vacarme, elle eût la surprise de constater que son petit ami avait passé des heures à ranger et nettoyer. Il était lui-même tiré à quatre épingles. Exit le blouson en faux cuir noir.

Il l'attendait dans le salon assis sur un fauteuil marron. Il lui expliqua qu'il avait trouvé un travail, un vrai travail. Il prit du temps pour raconter ses dernières aventures, mais Alice n'écoutait plus. Elle était ailleurs. Quand elle reprit ses esprits, dans le calme elle demanda à son petit ami de partir et de prendre avec lui ses affaires, que c'était fini. Elle se leva et sortit. À son retour l'homme n'était plus là, mais pendant quelques jours il la harcela au téléphone, puis abandonna.

Aujourd'hui, elle avait Pierre et Hugo. Elle s'était endurcie. Elle allait prendre tout ça en main.

Alice Vandermeeren fait partie de la famille du footballeur Paul Van Der Meeren, qui joua en 1967 au SC Telstar, un club de Velsen, en Hollande-Septentrionale.

Elle n'avait pas vraiment d'accroche avec cette partie de la famille. Ses parents avaient rendu une visite de politesse à la branche hollandaise des Vandermeeren, une seule fois, alors qu'elle avait cinq ans, et ce fut tout.

Mais le voyage les avait enchantés et ensuite ils continuèrent régulièrement à visiter les Pays-Bas.

Encore aujourd'hui, Alice a une vraie passion pour la Hollande. Enfant, elle avait déjà décidé d'y finir ses vieux jours.

Elle se rendait généralement à Amsterdam au printemps, car c'est la saison où elle trouvait la ville la plus attrayante. Au 161 Koninginneweg, elle retrouvait ses amis du musée Montessori.

Pour préparer la création de son école, elle était naturellement allée voir l'association Montessori internationale dont le siège se trouve à Amsterdam.

Le 15 mai 2023 Alice, Pierre et Hugo profitèrent d'une glace dans Leidseplein à Amsterdam.

Pierre avait 40 ans.

Il faisait plutôt chaud. Une demi-heure avant ils avaient savouré une bonne sieste.

Dans quelques minutes, ils rejoindraient Marnixstraat.

Au dernier étage d'un petit immeuble sur Nassaukade, juste en face de Marnixstraat, « L'Ombre » avait loué un petit appartement donnant sur le canal.

La cote de « L'Ombre » n'avait cessé de grandir. Il était la main armée de nombreuses organisations criminelles, si bien qu'il ne passait jamais plus de deux jours au même endroit.

Rester « L'Ombre » tenait du miracle.

Il avait dû refuser des contrats. Ne se tenir qu'à une clientèle sûre payant rubis sur l'ongle.

Une fois ou deux, il avait failli laisser sa peau dans des contrats conclus avec des primo-trafiquants mal organisés et ultraviolents.

Rester anonyme représentait le souci principal de son activité.

Il y a sept ans de cela, Pierre Meyerson avait tout fait pour lui mettre des bâtons dans les roues. C'était l'époque où le mathématicien habitait Authie.

Cela s'était un peu calmé pendant un moment mais, le calvaire reprit de plus belle. « L'Ombre » avait décidé de jouer la sécurité et de se débarrasser de celui qui essayait de s'approcher de lui.

Il avait compris que Pierre était le fils de Gustave Meyerson. Il se souvenait très bien de l'explosion qu'il avait lui-même déclenchée.

D'ailleurs, cette explosion ne fit que lui créer des problèmes.

Les frères Walker, Hudson et Matthew, avaient été condamnés à la prison à vie, à sa place. Dès la première semaine à Map, la Melbourne Assessment Prison, les frangins avaient réussi à s'évader. Jusque-là, seuls deux prisonniers avaient réussi cet exploit.

Ils avaient mis les moyens : explosifs, hélicoptère, utilisation de bazookas. Les journaux de l'époque rapportent que l'on crut d'abord à une attaque terroriste.

Alors que le KFC de Melbourne obtenait une note en dessous de 3 sur 5 sur les avis Google en 2012, la MAP elle, remportait un score honorable de 4 sur 5. Les avis étaient de cet acabit : « Très bonne nourriture, mais il faut voir sur le long terme ! »

Les frangins s'étaient métamorphosés à leur sortie de prison. Peut être avaient-ils fait la rencontre de leur vie. Le fait est que, depuis, ils se mirent à se cultiver, à réfléchir avant d'agir. Hudson se lançait dans Moby Dick. Matthew découvrait la « nouvelle vague » en streaming.

Ils n'allaient pas non plus rentrer dans les ordres. Le trafic, l'extorsion, le racket et la prostitution restaient leur raison de vivre.

Les Walker étaient bien implantés dans les marchés illégaux de toute l'Océanie. Brutes, crétins, idiots, c'est ainsi qu'étaient perçus les deux frères, mais presque tout le monde à Melbourne travaillait avec eux, car ils faisaient du bon boulot.

L'air de rien, ils avaient su s'entourer, graisser la patte des flics, payer des junkies et des politiques. Leur évasion en témoigna.

Une fois dehors, ils ne perdirent pas de temps pour amasser une impressionnante montagne d'argent. Le blanchiment de cet argent ne leur posa aucun problème.

Leur réseau grandissait exponentiellement. Rapidement ils surent, qu'aussi court fut leur séjour en prison, ils devaient tout à « L'Ombre ». Du moins, c'est ce qu'ils en avaient déduit.

Ils connaissaient « L'Ombre », au moins de réputation. Ils n'avaient jamais fait affaire avec lui, mais avaient la ferme intention de faire payer ce tueur à gage.

Rechercher quelqu'un c'est savoir profiter de toutes les opportunités, toutes les pistes, tirer sur le fil et voir où cela vous mène.

Pendant plus de 15 ans, ils ne parvinrent pas à approcher « L'Ombre ».

En mai 2014, grâce au réseau des réseaux, ils tinrent une piste solide. Un hacker, proche des frangins, avait confondu toutes les données autour des victimes de l'attentat attribué à tort aux Walker.

Le hacker recevait des alertes de plus en plus fréquentes provenant d'Europe. Ce n'était pas un débutant, il avait ses entrées partout.

La victime qui faisait hurler ces alertes était Gustave Meyerson. Les alertes se précisaient et le pirate informatique arrivât bientôt, même, à situer une zone virtuelle en France.

Il créa un premier dossier Political Intelligence Agency / Meyerson. Le système d'information de Political Intelligence Agency était quasiment impénétrable, mais des écoutes téléphoniques et des suivis de messages électroniques mirent en évidence qu'un certain Pierre Meyerson, était lui aussi en train de rechercher « L'Ombre ».

Une fois le dossier de leur contact entre les mains, Hudson et Matthew comprirent immédiatement que c'était le fil qu'il faillait suivre.

Cette affaire leur avait mis du plomb dans la tête. Ils avaient, en quelque sorte, muris. Ils prenaient aussi des cours d'économie et s'intéressaient dorénavant à des domaines jusque-là insoupçonnés. Ils se rendaient maintenant, dès que les affaires, leurs affaires, leur en laissaient le temps, à l'opéra de Sydney. Matthew avait particulièrement été touché par une représentation du Barbier de Séville.

La soif de vengeance s'accompagnait donc d'une soif de connaissances. Comme si savoir qui était le responsable de tout ça n'était pas suffisant. Chasser ce dénommé « Ombre », revêtait un but plus profond. Peut-être savoir qui ils étaient eux-mêmes dans le cours des choses et quelle était la signification de tout ce qui les avait amenés là.

Pierre Meyerson les conduirait à « L'Ombre ».

Ils envoyèrent donc en France, Benny Anderson et Jerry Harris, deux dealers rivaux des quartiers de Richmond, dans la banlieue de Melbourne.

Benny était un gaillard de 22 ans qui menait la grande vie. Il roulait en décapotable allemande et passait son temps avec un iPhone dernier cri vissé sur les oreilles.

Jerry, bien que rival, ressemblait en tout à Benny. Benny était un peu plus bel homme, mais cela se jouait à un cheveu décoloré par l'iode près.

Même s'il était très dangereux d'appeler les frères ennemis Ben and Jerry, tout le monde à Richmond s'en amusait.

Il se vendait même sous le manteau un mélange des cocaïnes des deux dealers, qui avait une très bonne réputation. Elle était vendue sous le logo détourné des célèbres glaces.

On la dénommait la B and J.

Ben and Jerry se retrouvèrent donc un jour de mai 2014 à l'aéroport Melbourne-Tullamarine.

Ils se détestaient. S'ils avaient pu garder leurs flingues, ils se seraient abondamment arrosés de balles l'un et l'autre. Finalement, ils étaient presque sosies. Des frères jumeaux. C'est peut-être pour ça que les Walker les avaient choisis.

Les consignes avaient été énoncées et elles étaient claires. Ils ne devaient plus porter une seule arme. On leur avait obtenu des visas de travail. Ils devaient observer, prévenir et ne pas chercher les embrouilles.

Si l'un ou l'autre créait des ennuis, l'un et l'autre se retrouveraient avec un contrat sur la tête et sur celle de chacun des membres de leurs familles.

Il n'est pas inconcevable de lire Herman Melville avant de se coucher et de rester impitoyable quoi qu'il advienne.

On pouvait lire dans les cahiers du cinéma numéros 398-402 :

« Mais tel un arroseur arrosé, il s'est retrouvé pris dans son propre piège. »

Pierre n'avait jamais cessé de poursuivre celui qui lui avait enlevé son père. Dès qu'il fut en mesure de fouiller dans les réseaux informatiques, il fomenta le plan qu'il avait étudié pour assouvir sa vengeance.

Pierre avait volontairement et exagérément laissé des signaux numériques sur la toile, afin que les frères néo-zélandais tombent dessus.

Il savait que, comme les Walker, « L'Ombre » trouverait aussi tous ces signaux, mais il comptait sur les Walker pour se débarrasser de lui. Il n'imaginait pas une seule seconde que l'étrange vieille femme moche fut son recours.

Elle était son ange gardien, même si cela n'avait rien à voir avec l'angélisme. La mission de la vieille consistait à protéger Pierre, mais elle n'était pas un ange. Loin de là.

L'emploi du temps était le suivant. Benny surveillait Pierre de 14 heures à 22 heures. Jerry avait son tour de garde de 6 heures du matin à 14 heures.

La période de 22 heures à 6 heures du matin était destinée au hacker en chef des Walker.

Ben et Jerry, qui n'avaient jamais tenu aucun poste, dans aucun travail, se retrouvaient lestés par des horaires de bureau ou d'usine, 8 heures par jour.

Leur contrat à durée indéterminée était très bien rémunéré. Malgré tout, les horaires, l'éloignement, la monotonie tout cela les pesait terriblement.

Le pire était ces voitures de location qu'on leur avait choisies. Eux qui paradaient en décapotables allemandes se retrouvaient, l'un et l'autre, au volant d'une Peugeot Partner, un véhicule utilitaire.

Ainsi, ils se fondaient dans la masse et pouvaient transporter le matériel (appareils photo, grands objectifs, caméra grand angle, ordinateur portable, micros espions, caméras espions).

Et ça ne s'arrêtait pas là ! L'un et l'autre étaient logés aux sorties du village d'Authie dans des maisons totalement isolées. Jerry au sud, Ben au nord.

Chaque maison possédait un confort spartiate : un lit, une table, un poste de télévision, une petite cuisine aménagée et une minuscule salle de bain. Ni plus ni moins.

Les premiers jours, les garçons avaient du pain sur la planche. Ils devaient faire des repérages, installer leur matériel et commencer à s'installer un peu. Par la suite, leurs journées ne furent qu'ennui.

Benny était celui qui retournait le moins d'informations car il y avait peu d'information à retourner. Son rapport quotidien se résumait à :

14 heures : Bureau. P tape sur clavier.

15 heures : P se rend aux toilettes.

15 :03 à 18 :30 : Retour bureau ; P tape sur clavier.

18 :30 : Cuisine. P prépare repas. Soupe Liebig Poireau Pomme de terre. Fromage Ortolan. Compote Materne aux fruits rouges.

18 :55: Cuisine. P range vaisselle dans lave-vaisselle.

19 :00 : P se rend aux toilettes.

19 :05 : Salon. P écoute Musique Opéra.

21 :30 : Salle de bain. P lave dents.

21 :40 : Chambre à coucher. P dort.

Benny mourait d'ennui jour après jour. Il n'avait jamais connu quelqu'un d'aussi morne que Pierre. Parfois, il se confondait avec une souche ou un rocher. Son teint virait au gris. À travers ses pupilles se dessinaient des toiles d'araignées.

Jerry, son frère-miroir, se portait aussi mal.

Chez Political Intelligence Agency on n'aimait pas beaucoup que deux Australiens passent leur temps à espionner Pierre. D'abord, parce qu'eux même était déjà en train de le faire. Et, surtout parce qu'il y avait trop d'argent en jeu pour que deux petits dealers ne trainent dans le coin.

Political Intelligence Agency agit.

Le matin du 16 mai 2014, à 5 heures, Ben et Jerry étaient en train de se « lichénifier ».

Sans qu'ils aient pu faire le moindre mouvement, les frères ennemis se retrouvèrent pieds et mains liés. Ils furent emmenés en dehors de la ville pour être interrogés. Ils ne comprirent pas tout de suite ce qui était en train d'arriver, mais ils remerciaient Dieu de les avoir sortis d'une telle léthargie.

Le cacatoès funèbre est le plus grand des cacatoès et des perroquets d'Australie. C'est un oiseau d'environ 55 centimètres de haut, à dominante noire avec quelques traces jaunes sur la queue.

« L'Ombre » est minutieux. Il veille à ne jamais se faire repérer. Il brouille les pistes. Il se fait oublier. Il prépare ses contrats des heures et des heures durant.

Mais on ne peut pas lui reprocher de ne pas surveiller la faune autour de lui.

Pierre avait perdu sa capacité à communiquer avec les animaux ou l'avait occultée, au fur et à mesure, pour l'oublier finalement.

L'étrange vieille femme moche, elle, n'avait pas perdu ce pouvoir. Elle n'avait pas été très proche de Pierre durant la période Authie. Pierre la chassait sans arrêt depuis la mort de Marianne. Elle avait du mal à faire son job d'ange gardien.

Quand les deux australiens arrivèrent à Authie, une sorte de déclic s'était produit en elle. Elle pouvait aider Pierre, à retrouver « L'Ombre ». Elle devait aider Pierre à retrouver « L'Ombre », elle le sentait.

Par une sorte de « téléportation » elle se rendit à Melbourne, sur les traces de « L'Ombre », sur les lieux du méfait qui avait nuit à Gustave Meyerson.

Après une semaine à Melbourne, elle fit la connaissance d'assourdissants cacatoès. Ces oiseaux, volant très haut, auraient pu apercevoir « L'Ombre ». Elle eut de longues conversations avec de jeunes cacatoès, mais c'est le long et précis discours d'un cacatoès funèbre de 50 ans qui lui fut le plus utile.

Le vieil oiseau avait tout vu. Pendant des jours, il avait observé les allées et venues d'un drôle d'humain qui passait son temps à surveiller à la jumelle le même bateau. Puis, il l'avait perdu de vue pendant au moins trois jours.

Par un beau matin, il revit le bonhomme sur une espèce de barque qui avait été maquillée pour qu'un humain ne puisse pas la reconnaître d'en haut. Un humain, oui, mais pas un cacatoès.

D'un coup, la mer était devenue du feu. Le vieil oiseau prit peur évidement et s'enfuit aussi vite qu'il put. Et encore une fois, il perdit la trace de l'homme en noir.

Presque deux ans avant que l'étrange vieille femme moche vienne lui parler, l'oiseau de braise avait revu « L'Ombre ». Il sortait d'un appartement tout près de l'hôtel Tote.

L'oiseau noir raconta à la vieille qu'il connaissait bien l'hôtel Tote.

C'était un hôtel, un pub et une salle de concert à Collingwood, dans la banlieue de Melbourne, où l'on pouvait entendre de la musique punk, heavy metal et hardcore.

Mais ce fut surtout un endroit réputé pour son fantôme. On disait qu'un vieux rocker ou un bandit refroidi hantait l'hôtel. C'était vrai. Il y avait un fantôme. Ce fantôme était familier du cacatoès (funèbre. Rappelons-le.)

Un matin du mercredi 23 juin 1999 à 9 heures, discutant avec son ami fantôme, le cacatoès avait reconnu l'homme en noir. « L'Ombre » l'avait observé un long moment, puis imitant avec sa main une arme à feu, il avait fait mine de tirer trois fois sur l'oiseau.

L'oiseau s'en souvenait très précisément. L'image lui glaça le sang des années durant. L'étrange vieille femme moche avait tout noté.

Pierre fut reconnaissant envers l'étrange vieille femme moche quand celle-ci lui rapporta toute l'histoire. Il fut presque aimable même.

Tous ceux qui avaient pu être en relation avec l'étrange vieille femme moche avaient fini par devenir amis avec elle. Marianne aimait bien plus tendrement cet être mystique que n'importe quel autre proche, fait de chair et d'os. Seul Pierre la considérait et la traitait moins bien qu'un chien. C'était un droit qu'il s'accordait et il n'en démordait pas.

Chez PIA, on ne savait pas trop quoi faire des deux néo-zélandais. Déjà, quand ils avaient été filmés par les caméras de la firme en train eux-même de déposer des caméras et des micros, la situation était dramatique mais les experts avaient laissé faire.

Mais, il se passa bien trop de semaines. Il était inacceptable que deux individus de l'hémisphère sud viennent espionner Pierre et, par-delà Pierre, Political Intelligence Agency impunément.

Une fois arrêtés, fouillés et interrogés il s'avéra que les deux dealers pouvaient être remis entre les mains de la police fédérale australienne.

La décision fut prise de ne pas les mettre entre les mains de la police fédérale australienne et de les laisser vaquer à leurs activités.

Political Intelligence Agency n'avait pas du tout envie de se mêler à cette histoire et fit l'autruche avec les australiens.

Cependant, ils devaient renforcer leurs effectifs et surveiller à la fois Pierre et ses surveillants.

Ben et Jerry regagnèrent leurs locations, l'air dubitatif. Les Français leur demandaient de la fermer sur ce qu'il s'était passé cette dernière journée. Ils devaient continuer leur espionnage de bureau en mentant à leur employeur. Eux qui, avec leur métier, avaient connu des situations tordues, n'étaient pas préparés à un tel bal de dupes.

D'autant que le lendemain, Benny se retrouva nez à nez avec Pierre et Jerry qui l'attendaient assis tranquillement sur le capot d'une voiture. Il venait de prendre son tour de garde. Pierre était un homme calme. Il inspirait la tranquillité. Il expliqua de manière convaincante et avec une grande sérénité à Jerry, ce qui allait se passer maintenant.

Pierre avait réussi, à partir des vidéos de la banlieue de Melbourne où était passé « L'Ombre », à reconstituer la journée du tueur. Grâce à la petite vieille, il avait pu trouver l'aéroport d'où partait « L'Ombre » et l'avion dans lequel il s'était envolé et fini par obtenir une de ses identités.

Il constitua un dossier avec toutes ces recherches.

Le plan était simple. Ben et Jerry avertissaient les Walker qu'ils avaient en leur possession des éléments permettant de mettre la main sur « L'Ombre » . Ces informations leur avaient été données par Pierre. Ils devaient rentrer en Australie maintenant.

Benny avait écouté Pierre sans sourciller. À la fin du monologue, il appela Matthew Walker. Matthew répondit. Benny lui fit part des dernières informations. Finalement, après un long silence, Matthew prononça simplement ces quelques mots :

« Bon travail. Vous pouvez rentrer ! »

De retour au pays, les dealers furent accueillis comme des princes. Plusieurs fêtes où ils étaient les invités d'honneur se succédèrent.

Puis huit jours après leur arrivée, les deux hommes s'entretuaient au pistolet mitrailleur, sur une route de campagne à quelques kilomètres de Melbourne.

Entre les Walker et « L'Ombre », la danse s'animait vraiment maintenant. « L'Ombre » faillit y laisser la peau.

Le tueur à gage resta caché sans bouger un long moment.

Le chemin jusqu'à Amsterdam, la glace et la ballade avec Hugo avaient été longs et chaotiques, aussi bien pour Pierre que pour Alice.

Chapitre 4 : Karine

Pierre n'avait jamais pardonné à Karine. Karine n'avait jamais pardonné à Pierre. Karine était une obstinée. Elle était parvenue à prendre la place de Monique sans ménagement. Elle avait même fini par diriger la superette de Louvigny et évincer son directeur. Elle avait obtenu sa licence d'espagnol qui lui fut aussi utile qu'un télescope à un patineur sur glace. Dès qu'elle obtenait ce qu'elle désirait, elle se lançait dans une nouvelle quête, toujours avec rage et colère. Tout le monde la craignait.

Quand personne n'était en travers de son chemin, il lui arrivait de trouver des moments de paix intérieure. Quand elle rentrait chez elle après une longue journée de travail, entre le moment où elle posait ses clés dans la petite coupelle en porcelaine sur le petit meuble près de la porte d'entrée jusqu'au dîner, elle repensait à Stéphane.

Stéphane le frère d'Alice, pensait aussi à Karine. Il repensait à ces types qui sont entrés chez lui et l'ont tabassé. Il ne se passait pas une nuit sans la crainte que cela ne recommence. Parfois, il repensait aux coups. Parfois, il se remémorait le séjour qu'il avait passé avec Karine aux Pays-Bas. Il se rappelait très distinctement le flacon de Shalimar que Karine posait ostensiblement dans la salle de bain. Il se rappelait le flacon, il se rappelait le parfum. Mais brutalement, ce souvenir le ramenait aux coups de poings qu'il avait reçus.

Aussi obstinée soit-elle, Karine n'avait jamais essayé de revoir Stéphane. En fait, elle avait totalement abandonné l'idée de partager sa vie avec qui que ce soit. Elle s'accordait simplement des rêveries avec Stéphane lors de ces moments de non vie, comme dans les files d'attente, dans les bouchons, dans les stations-services d'autoroute.

Stéphane avait vécu avec trois femmes : Marie, Fleur et Bénédicte. Chacune avait été aimante. Stéphane ne pouvait rien leur reprocher. Elles étaient fantastiques. Mais il rompit avec chacune d'elle. Il les avait aimées. Elles avaient été douces avec lui et lui, en retour, avait été charmant.

Bénédicte l'avait initié à l'apiculture. Grâce à elle, il devint un apiculteur renommé. Ce métier lui allait bien. Il aimait la nature. Il aimait ce qui avait un sens. La pollinisation cela avait un sens. Il vivait dans la nature du matin jusqu'au soir. Il était bien. Mais chaque jour, il s'éloignait de plus en plus de Bénédicte. Un jour, il la quitta. Elle ne fut pas surprise. Elle savait qu'elle ne vieillirait pas avec Stéphane.

Un jour, Stéphane revit Karine à la station autoroute sur l'aire de l'Isle Rose dans le sens Lyon-Grenoble. Il se rendait à la fête du miel, à Lyon. Elle, visitait un fournisseur. Il y avait une chance sur soixante-dix-sept millions environ qu'ils se trouvent à cet endroit ensemble. Pourtant, la vie en avait décidé ainsi.

Karine attendait son tour pour payer un sandwich club poulet bacon et un Schweppes Agrum'. Elle se réfugia dans un songe. Son préféré. Celui où Stéphane lui lisait dans les lignes de la main, un joint au coin de la bouche dans un hôtel à Delft. Un peu grisé, Stéphane flirtait tout en s'amusant. Ses prédictions étaient tantôt farfelues et tantôt séduisantes et parfois les deux en même temps. Il était habile dans cette discipline.

Elle sortit de son rêve éveillé lorsque la file avança et se rendit compte que, juste devant elle, se trouvait Stéphane.

Stéphane avait remarqué le Shalimar. D'habitude, dès qu'il percevait ce parfum, il ressentait de la peur, mais aussi une sorte de nostalgie. Il scrutait la plupart du temps autour de lui, mais il ne la voyait pas. Cette fois, il se retrouva face à elle.

Ils échangèrent peu de mots. Elle lui demanda s'il lisait toujours dans les lignes de la main. Il répondit que ce n'était pas la peine, que dès lors qu'elle était dans le coin, une catastrophe pouvait arriver.

Elle fît tomber ses courses. Elle se mit à pleurer. Il s'en voulait. Il essaya de la consoler, de la prendre dans ses bras. Elle se laissa faire, mais rompit rapidement son étreinte pour lui assener un violent coup de poing dans le ventre.

Stéphane eût du mal à encaisser. Quand il fut en état de rejoindre sa voiture, il s'élança vers la sortie et disparut.

Karine savait qu'elle était allée trop loin. Depuis ce jour-là, elle entra dans une sorte de dépression. Au travail, toutes les caissières du supermarché s'inquiétaient pour elle. Elle avait mauvaise mine. Elle ne criait après personne.

Sa mère lui rendait visite et ne subissait plus la colère de sa fille. Non pas que cela lui manquait de se faire reconduire à la porte méchamment, mais là elle était vraiment inquiète. Karine ne parlait pas, ne criait pas, ne dormait pas.

Si madame Lelong n'était pas à l'aise avec un ordinateur, elle avait plus d'un tour dans son sac. Elle avait bien deviné qu'il y avait une histoire autour de Stéphane. Déjà, quand Karine était revenue de Delft, elle avait compris qu'il s'était passé quelque chose. Moyennant cinquante euros, elle avait pu connaitre le fin mot de l'histoire en sollicitant le cousin Sébastien.

La mère de Karine avait réussi à convaincre sa fille d'obtenir sa licence. Elle avait aidé sa fille à trouver un travail. Elle pouvait s'enorgueillir d'avoir passé une bonne partie de sa vie à aider sa fille. Elle allait sortir Karine de là. Tout d'abord, il fallait s'installer chez sa petite Karine.

Comme Karine ne criait plus, elle en profita pour parler. Elle parla d'elle et Karine fut réceptive. Karine découvrit une autre mère. Madame Lelong avait eu une vie. Une vie qui n'avait rien, mais absolument rien à voir avec la vie que s'imaginait Karine. Plus Karine l'écoutait et plus elle se rendait compte, qu'en terme d'histoire d'amour, sa mère en connaissait un rayon. Finalement elle était en train de faire la paix avec sa mère, un exploit que peu de filles et de femmes accomplissent vraiment.

Madame Lelong prenait les commandes. Premièrement laisser faire le temps.

Un mois passa.

Stéphane n'était plus du tout habité par les réminiscences du voyage à Delft. Il était complètement envahi par la peur. La peur qu'elle ne revienne. Même au sein de la nature, auprès de ses abeilles, il craignait que la fille Lelong débarque.

Karine n'avait pas dit à sa mère, ni à personne, à quel point elle était bien dans les bras de Stéphane, ce jour-là, dans la station-service. Elle avait retenu sa respiration toutes ces années et à cet instant-là, tout près de Stéphane, elle ressentit l'air, l'oxygène. Elle ressentit un sentiment qui lui était étranger. Alors vite elle prit peur. C'était trop fort. Elle n'avait jamais su que frapper et crier.

L'un et l'autre avaient peur.

Pendant un mois, Karine et sa mère discutèrent et discutèrent, des heures et des heures. Karine redevint aussi désagréable que d'habitude. Sa mère était rassurée. Elle retrouvait sa fille. Sa petite Karine qui faisait fuir les enfants dans les parcs. Sa petite Karine que personne n'invitait aux anniversaires. Sa petite Karine qui insultait les policiers, les médecins, les collègues de travail, la famille. Elle retrouvait son bébé.

L'avantage avec les apiculteurs c'est que l'on peut trouver facilement leur numéro de téléphone dans un annuaire. Si Stéphane avait travaillé pour Coca-Cola ou pour Google cela aurait été autre chose. Là, pour madame Lelong, c'était facile. Elle aurait pu demander le numéro à madame Van der Meeren, mais elle ne voulait pas l'inquiéter. Quant au cousin, il commençait à couter cher. Elle appela le 118-218 et s'offrit le luxe d'être mise en relation directement. Le conseiller téléphonique, qui s'apprêtait à s'endormir, se félicita qu'il existait encore des gens utilisant les renseignements téléphoniques. Il retrouva foi en l'avenir.

Il faisait beau en cette journée du mois de mai. Depuis qu'elle était installée chez sa fille, les deux avaient pris l'habitude de prendre le thé, vers trois heures, dans la cuisine.

Karine était en arrêt maladie. Son médecin lui avait donné le maximum. Il ne l'avait jamais vu comme ça.

À trois heures, la mère et la fille partagèrent un thé quelconque. Karine ne s'était pas méfiée, mais c'était la première fois que sa mère téléphonait tout en prenant le thé.

Madame Lelong, une fois Stéphane au bout du fil, tendit l'appareil à sa fille très maladroitement et se cacha les yeux. Comme si cela pouvait être utile !

Les murs de l'appartement auraient dû trembler. Un cri énorme, effrayant même, aurait dû retentir. La garde républicaine aurait dû être mobilisée.

Mais, quand Karine reconnu Stéphane au téléphone, elle garda son calme. Quand Stéphane reconnu Karine au téléphone, il ne prit pas peur. Karine s'excusa.

Madame Lelong courageuse, mais aussi éprise de bon sens, s'extirpa de l'appartement.

Stéphane écoutait Karine en déambulant parmi les ruches. Karine parla ouvertement de son état, de ses sentiments, de sa mère en déambulant dans son appartement.

Ils se téléphonèrent encore pendant plusieurs mois. Ils déjeunèrent ensemble. Stéphane lui présenta ses abeilles. Ils donnèrent leur chance au temps. Ils échangèrent un baiser à l'automne et ne se quittèrent plus dès l'hiver suivant.

Même si tout allait très vite, rien n'aurait pu empêcher Karine de se lancer dans le mariage et d'y précipiter Stéphane de force.

Stéphane n'avait pas fait sa demande. S'il avait eu affaire à Marie, Fleur ou Bénédicte il aurait eu son mot à dire mais là, c'était différent. Vraiment différent. Il n'avait plus peur, mais savait quand il était impossible de dire non à Karine. Si elle lui demandait de tuer quelqu'un ou de braquer une banque, il parviendrait à renoncer. Mais le mariage, c'était sacré !

Karine avait tout préparé depuis l'âge de 12 ans. Violine pour les femmes, anthracite pour les hommes. Les employés de la superette au vin d'honneur. Église Notre-Dame de Louvigny. Salle des fêtes de Louvigny. Si on ne pouvait pas faire autrement, inviter Pierre.

Pierre n'avait pas porté plainte, pour la maison « enconfiturée ». Mais Karine avait, malgré tout, passé une nuit en garde à vue. Quand elle reprit son travail, elle rencontra des Pierre en pagaille, comme si la mode était aux bons de remboursement. Il y avait une offre de remboursement chez Confipote qui ne semblait ne plus finir. Pendant des semaines et des semaines, elle scanna des remboursements de pots de confiture. C'était Pierre. Elle en était convaincue.

Après le mariage, la prochaine étape pour Karine était d'avoir une fille. Pas un enfant. Une fille. Cette fois Stéphane ne céda pas. C'était trop tôt.

Évidemment, la guerre éclata. Stéphane tint bon, mais leur couple s'affaiblit. Une fois de plus madame Lelong s'en mêla. Cette fois, elle fît appel à Lucas.

Pierre était hors de lui. Sur les conseils de Stéphane le frère d'Alice qui n'avait rien trouvé de mieux que d'épouser Karine, la cinglée de l'Intermarché, celle qui lui avait fait briser les jambes, ils allèrent voir une sorte de docteur.

Pierre n'en revenait pas que ce couple ait pu se reformer. Le plus effarant était que Karine n'avait pas du tout changé. Elle était impulsive, vulgaire, jalouse, envieuse.

Aux yeux de Pierre, Stéphane était un garçon tout ce qu'il y a de plus correct. Il tirait facilement sur un joint ou deux, mais parvenait à joindre les deux bouts dans une activité d'apiculteur qui commençait à bien marcher. Un miracle se réalisa. Ils tombèrent finalement l'un et l'autre amoureux et se marièrent même, au grand dam de tous, six mois plus tard.

Un malheur n'arrivant jamais seul, Pierre ne trouva pas le moyen d'échapper à la célébration de cette union.

Il n'avait jamais été violent, mais pendant le mariage, la préparation du mariage et le repas du lendemain, il ne cessa de calculer la vitesse optimale pour qu'une balle fasse exploser la tête de Karine. Il tria mentalement les résultats en les classant dans diverses rubriques, comme l'esthétique, la propagation du sang, le niveau sonore et d'autres qu'il inventait quand la noce était trop pénible.

La vie n'avait pas été toujours fair-play avec Pierre. Elle lui avait ôté son père, sa femme et mis Karine en travers de sa route.

Quand, entre Alice et lui, les tensions furent les plus fortes, par on ne sait quel mystère, Alice se fit convaincre que les conseils de son frère leur viendraient en aide. Il était passé par là. Ils s'en étaient sortis, Karine et lui.

Un matin Alice dit à Pierre :

« Je sais que ça peut paraitre étrange…

Je sais que ça va te paraitre dingue mais Stéphane m'a parlé d'un médecin.

Pierre la coupa :

- Tu es malade ?

- Nous sommes malades, reprit-elle doucement, nous n'arrivons pas à guérir et on a besoin de se faire aider. »

Pierre ne disait rien.

Alice lui raconta dans les moindres détails comment Karine et Stéphane, sur le point de rompre, avaient sauvé leur couple de la catastrophe. Comme Pierre, elle n'appréciait pas du tout Karine. Mais Stéphane, c'était sa vie. Elle l'avait attendu, désiré, rêvé ce petit frère. Encore aujourd'hui, elle lui achetait parfois quelques vêtements chauds pour l'hiver.

Elle était sa conseillère, son soutien psychologique, son amie, sa banquière. Ils s'appelaient presque tous les jours.

Alice parla d'un certain Lucas. Alice fut assez vague sur ce Lucas, qui avait sauvé le couple de son frère. Elle connaissait son prénom et savait qu'il était vaguement psychologue diplômée en Allemagne ou en Belgique. Alice reprenant les mots de Stéphane, concédât qu'il était un peu spécial. Un rendez-vous était pris pour le 17 juin 2023.

Pierre n'avait pas son mot à dire. Alors il approuva par un « entendu ».

Stéphane, qui arrivait à peine à lacer ses chaussures sans l'aide de sa sœur, lui conseillait un psy.

Les médiums, les coupeurs de feu, les psychologues diplômés en Allemagne n'habitent jamais près de chez vous. Il faut au moins parcourir 200 km pour les rencontrer. Inconsciemment, quand on vous dit, je connais un médium très bien et qu'il habite à dix mètres de chez vous, on a du mal à y croire. Cependant, s'il faut traverser trois pays pour se rendre dans un village au nom imprononçable, on se sent prêt à faire réviser la Volvo.

Lucas avait son cabinet Route de Féron à Rainsars dans les Hauts-de-France. 4h27 par l'A29.

C'est Alice qui conduisait. 3h25 en fait, toujours par l'A29.

Le voyage leur permit de justifier leur venue. Ils passèrent en revue tous les modes de disputes imaginables entre couple. La franche dispute, avec jurons et menaces, le dédain, le mépris, le dénigrement, les larmes, les cris, tout y passa.

À Rainsars, ils étaient exténués. Ils se rendirent directement chez ce fameux Lucas sans mot dire. Placardé sur la porte d'entrée figurait le seul prénom Lucas, suivi de la mention Psychologue diplômé de l'université de Cologne en Allemagne. Une plaque dorée, tirant sur le cuivre, semblant assez épaisse.

Ils sonnèrent. Une porte s'ouvrit sans bruit. À l'intérieur, il faisait sombre et tout portait à croire que la seule direction à prendre pour joindre le cabinet fut un escalier étroit et escarpé, pas plus éclairé.

Alice et Pierre étaient des sportifs aguerris. Ils pratiquaient plusieurs disciplines et maitrisaient parfaitement leur souffle. Mais l'exercice de cet escalier leur parut des plus difficiles et ils peinèrent à atteindre la porte au dernier étage.

C'était une porte du modèle des portes de sortie de secours que l'on rencontre dans les entreprises. Aucun souci d'esthétique. Une porte en PVC, munie d'un dispositif d'ouverture horizontale qui invitait à la prudence.

Ensemble, ils poussèrent la barre transversale, amenant une main devant leurs yeux pour se préparer à un inévitable éblouissement.

La lumière ne fut pas. Tout du moins pas aussi forte que le couple ne s'imaginait. À l'écoute d'une voix lointaine les invitant à entrer, ils s'aperçurent qu'ils n'avaient même pas frappé à la porte avant d'entrer. Ils se dirigèrent alors vers une faible lueur de bougie qui laissait apercevoir la forme d'un bureau. Derrière le bureau apparut Lucas. Il était vêtu d'un costume croisé jaune canari, ce qui faisait ressortir davantage sa foisonnante chevelure rousse.

Alice et Pierre prirent place sur les deux fauteuils se trouvant devant eux, sans y avoir été invités.

La légère moue que laissa échapper Lucas les glaça de terreur. Jamais ils ne s'étaient sentis comme ça, engourdis, fatigués, fragiles.

Lucas prit immédiatement l'ascendant. Il commença ainsi :

« Bonjour, bienvenue Alice et Pierre, assurons-nous tout de suite que vous compreniez bien les règles. À la différence de la psychanalyse où l'écoute du patient revêt une grande importance, la thérapie que je prodigue nécessite le silence du patient. Je vous demande donc de ne pas intervenir, et cela jusqu'à votre départ. Nous allons commencer par Pierre. Vous êtes donc un célèbre savant. Une simple recherche sur Google et l'on voit tous ces articles élogieux, vos diplômes, vos prix. Vous êtes quelqu'un ! »

Les fauteuils dans lesquels étaient installés le couple avaient un aspect rustique et au premier regard paraissaient inconfortables. Mais, c'était au contraire un assemblage de « nuages-pièges » qui vous conférait un confort apaisant et vous emmenait aux confins du sommeil. Il y avait quelque chose de stupéfiant dans ces meubles au sens pharmaceutique.

Les louanges de Lucas amplifiaient davantage l'effet relaxant chez Pierre. C'est vrai qu'il était connu, alors qu'il n'apparaissait nulle part, ni en radio, ni en télévision. Il y a avait pourtant un assez grand nombre de personnes qui suivaient ses travaux. À vrai dire, il n'avait jamais vraiment songé à cela.

Lucas reprit :

« Je vous ai aperçu par la fenêtre. Vous avez une jolie voiture. Si jolie, que vous ne claquez pas la portière. Vous ne claquez surtout pas la portière. C'est une belle voiture, mais ce n'est pas le modèle de l'année. Vous voulez la conserver longtemps. C'est pourquoi quand Alice a, elle, claqué la portière, vous n'avez pas pu vous empêcher de la fusiller du regard. »

Pierre faisait attention. Qu'il s'agisse, d'une voiture, d'un vêtement, de quoi que ce soit, il avait toujours été précautionneux. Alice claquait les portières de sa voiture, la porte du réfrigérateur, toutes les portes ! Elle appuyait fortement avec son couteau à dents contre la vaisselle, elle piquait fort avec les fourchettes, elle cassait des verres ! Pierre était calme, mais il avait ses limites. Il regardait ailleurs la plupart du temps, mais il bouillait un peu tout de même. Le plus difficile pour lui, et de loin, était de supporter les retards monumentaux d'Alice. Des retards pouvant aller jusqu'à douze minutes, lui qui était toujours en avance d'au moins dix minutes.

Avec un petit accent germanique traînant, Lucas ajouta en s'adressant à Pierre :

« Vous devez être du genre à ne pas sortir sans raison valable le gros billet du portefeuille, n'est-ce pas ? En indiquant de la main qu'il n'était pas nécessaire de répondre. »

Il continua :

« Un peu de folie, monsieur Meyerson, un peu de folie ! Vous savez, la folie c'est ce qu'on attend de l'autre. On a besoin de la folie des autres pour mieux comprendre notre propre folie. Vous ne pouvez pas posséder un véhicule impeccable pendant une éternité, faire des économies, prendre soin de tout et de tous, sans que l'on vous découvre un brin de folie douce.

C'est le contrat. Vous êtes qui vous êtes, mais pour vivre avec les autres il faut s'ouvrir ! Et un peu de fantaisie ouvre toujours les portes. Il y a sans doute, quelque part, dans les alentours, une fête foraine qui vous attend. Aujourd'hui sûrement ! Ne trainez pas ! Et prenez ma voiture, elle est très amusante et agréable à conduire.

Allez ! Allez ! Pressons ! Prenez les clés de ma voiture et allez faire un tour à la foire, gagner une peluche au stand de tir et ramenez-moi la voiture ! »

Pierre est un exécutant. Si un lobby lui demande de simuler le vote sur un projet de loi interdisant un pesticide, il pondra toutes les équations mathématiques qu'il faut.

Alice le lui reprochait. Il comprenait. Mais tel un fidèle samouraï, il était le serviteur de la firme, même s'il ne partageait pas forcément leurs principes.

Marianne comprenait. Marianne n'était pas Alice. Marianne n'était plus. Et voilà que l'on reprochait à Pierre sa maniaquerie, un petit côté près de ses sous, et d'être un gentil soldat !

Ça l'énervait. Dans quelle galère il allait. Il détestait les fêtes foraines. Même enfant, il trouvait cela triste et terrifiant. Quand il aperçut la voiture en question, il failli tomber en pâmoison.

C'était un de ces Fiat Multipla vert. Horrible ! Des petits phares ronds lui donnaient l'apparence d'un batracien. De profil on aurait dit un croquis maladroit, expliquant les bases de la sédimentologie, avec le front deltaïque, les lignes de temps et les argiles.

À l'intérieur, l'odeur d'un animal, un chien sans doute, régnait et il était impossible de s'y habituer.

À contre cœur, il laissait Alice et partait affronter son destin.

Lucas ne retint pas Alice longtemps, il lui souffla seulement :

« Allez-donc attendre cet imbécile à la maison, il s'en sortira très bien. »

Un peu inquiète, avec des milliers de questions en tête, Alice n'osa pourtant pas faire autre chose que de suivre les recommandations et de prendre la route de la maison.

Pierre avait l'habitude de vivre des situations étranges. Parler aux oiseaux, parler à l'étrange vieille femme moche, aux Montessori, tout cela n'avait rien d'anormal pour lui.

Il ne s'étonna pas alors de trouver du brouillard en abondance sur son chemin.

Il roulait et suivait une route où il était seul. Le paysage ne changeait pratiquement pas et le temps semblait se figer.

Il savait qu'il allait se passer une éternité avant que le moindre changement soit perceptible.

Au bout d'une éternité, il finit par user la magie elle-même et quelque chose se passa. Des lumières multicolores vinrent troubler la monotonie. Il savait qu'il devait s'arrêter là. Il stationna sa voiture dans un petit parking sur le bord de la route.

Le brouillard disparut alors. Le temps était agréable, un vent léger et beaucoup de clarté, de la chaleur, mais rien d'étouffant.

Il prit un petit chemin qui conduisait à une sorte de Luna Park abandonné. Au loin, on pouvait apercevoir ce qu'il restait d'une tour aux avions. La large entrée du parc était surmontée d'un lion et d'un alligator en ciment. Des grapheurs locaux avaient inscrit « Hell Crew » en orange.

Pierre entra et se dirigea vers ce qui ressemblait à un bruit de foule. Après quelques pas, il arriva à un carrefour où s'était agglutinées une foule d'hommes habillés de gris.

Tous semblaient avoir entre 20 et 25 ans et tous portaient des costumes trois boutons, à l'exception d'un seul, en chemise grise, qui provoquait la liesse en s'en prenant à une machine à coup de poing.

Personne ne fit attention à Pierre.

Pierre se souvenait qu'enfant, il était passé avec son père à travers le jardin des Tuileries un jour de fête foraine. Il se souvient de s'être arrêté devant une machine à coup de poing assez similaire.

Un enfant de son âge se tenait près de son père qui réalisait des prouesses avec l'engin, en faisant retentir des bruits de cloches. Le gamin avait fixé Pierre et semblait le provoquer comme s'il mettait en jeu l'honneur de son père et invitait Pierre à convaincre le sien de s'adonner au jeu.

Pierre tira sur la main de son père pour quitter ces lieux de perdition, non sans avoir croisé le regard du rival exprimant son mépris pour la lâcheté du père et du fils.

En fait, de manière sporadique, cet épisode obséda Pierre tout au long de sa vie, sans qu'il n'en ait vraiment pris conscience.

Parfois, il réécrivait l'histoire avec un père vainqueur, parfois avec un Pierre vainqueur. Mais toujours il revoyait le regard empli de mépris émanant du petit garçon.

Cela ne lui parut pas étrange, mais Pierre trouva au fond de ses poches plusieurs pièces de cinq francs. Il s'agissait du prix d'entrée pour la machine à coup de poing. Fendant la foule, il se dirigea vers la machine et posa, près du monnayeur, une pièce, signifiant comme partout dans le monde que l'on relevait le défi.

L'homme à la chemise laissa alors sa place. Si tout ici semblait irréel, la douleur qu'occasionna la frappe du poing droit de Pierre sur le ballon de cuir était tout à fait présente et même très présente.

Pierre pratiquait la course à pieds depuis l'enfance et parcourait quotidiennement une trentaine de kilomètres. Du point de vue physique, il n'aurait eu aucun mal à obtenir un bon score à ce jeu de coup de poing. Pourtant, sous les huées répétitives de son public, il faillait.

La force dont il avait besoin pour ce jeu était ce que l'on appelait vulgairement dans le milieu du sport, le mental.

À chaque fois ce gosse des Tuileries lui revenait en tête.

Le temps ne s'écoulait plus.

Pierre vivait parmi les fantômes de ce Luna Parc. S'il ne réagissait pas, il allait lui-même devenir un de ses hommes en chemise noire.

Il s'abrutissait avec cette fichue machine. Puis à force de s'abrutir, comme cela peut arriver au plus entêté des entêtés, il se mit à changer de tactique. Il se mit à songer à sa vie. Avec un peu de recul comme on dit.

La vie de Pierre défilait alors qu'il s'épuisait à frapper ce stupide ballon. Mais son esprit commençait à reprendre le dessus.

Il revivait la mort de Marianne, de son père, la naissance d'Hugo, la rencontre avec Alice, dans un parfait désordre.

Quand il pensa à l'étrange vieille femme moche, il comprit certaines choses. Pas grand-chose. Juste assez pour y voir mieux.

La vielle, c'est elle qui en avait pris des coups. Chaque fois que la vie devenait insoutenable, il se servait de la vieille comme d'un « punching ball ».

Une affaire de violence qu'aurait pu plaider Marianne. Un fait divers de la violence ordinaire. Le mari boit trop, il cogne sur sa femme et ses enfants.

La perte d'un père pâtissier magicien, d'une femme avocate fée, et on cogne sur la vieille sorcière, ou du moins on lui crie dessus, on l'ignore, on l'oublie, on la pulvérise.

Pierre, personne ne l'avait jamais coincé dans les toilettes à l'école. Il n'avait jamais failli prendre un mauvais coup en refusant une cigarette à un mauvais garçon dans la rue.

PIA le protégeait. Cette boîte, c'était son garde du corps. La vieille s'était occupée du reste. À sa façon.

Il progressa tout en éclaircissant son esprit de grand garçon gâté.

Une éternité passa et il fit atteindre à la machine le niveau 999, record absolu du Luna Park.

Le gosse des Tuileries changea son regard de mépris en un regard de fierté.

Tous les gars en costumes gris scandaient son nom :

« Pierre ! Pierre ! Pierre ! Pierre ! »

Ressuscité, Pierre passa par un stand de tir et remporta un lion et un alligator en peluche.

Et même au volant de son Multipla, il semblait contrôler, en seigneur, un bolide étincelant et puissant. Les choses allaient changer.

Au fond de lui, il savait qu'il ne reverrait plus jamais l'étrange vieille femme moche.

Sur le chemin du retour, il pleura sa disparition. Sur le chemin du retour, il salua son apparition dans la vie réelle, son retour chez les vivants. Comme un geste de respect, avant de rejoindre Alice, il leva la main et dit « Au revoir grand-mère. »

Quelque part, l'étrange vieille femme moche lui répondait « Au revoir petit con ! »

Chapitre 6 : « L'Ombre »

La dernière personne avec qui « L'Ombre » discuta fut Bente Eriksen, coiffeuse à Amsterdam, dans la rue Zeilstraat. C'était une femme solide et élégante. Elle avait un regard doux et une attitude rustre parfois, qui nuançait avec une candeur relative.

« L'Ombre » était un homme délicat en dehors du travail. Toujours élégant. Dans un anglais parfait, il suggéra à Bente un léger balayage et le dégagement des oreilles.

Bente aimait les clients qui savent ce qu'ils veulent. En règle générale, elle appréciait surtout les gens qui ne tournaient pas autour du pot.

Gerda, une collègue de Bente, lui apprit en néerlandais la venue prochaine du fils de sa sœur Hilda. Quand elle repartit, « L'Ombre », dans un néerlandais parfait, interrogea Bente en lui demandant si elle avait des enfants. Bente lui répondit que oui, elle avait trois garçons et le félicita pour son anglais impeccable et son néerlandais parfait. Il rétorqua qu'il était dans le show business et qu'il voyageait beaucoup.

Bente était une femme franche. Elle affirma, sans détour, qu'elle ne croyait pas un mot de ce que disait « L'Ombre ». Selon elle, elle avait une sorte de pouvoir. Elle pouvait immédiatement savoir le ou les métiers de quelqu'un. Amusé « L'Ombre » reconnut la vérité et demanda quel pouvait bien être son métier.

En chuchotant, Bente désigna le métier de tueur à gage. Elle ajouta qu'elle en coiffait beaucoup, mais qu'il était le premier avec qui elle avait engagé la discussion sur son travail. D'habitude, au contraire, les tueurs à gage parlent de tout sauf du travail. Souvent, ils parlent de voyages, de musées, de romans et d'histoire.

« L'Ombre » était stupéfait. Cela l'amusait beaucoup. Il félicita Bente et proposa alors de parler d'histoire. Ils se mirent à parler des grandes découvertes. Bente connaissait bien Vasco de Gama pour avoir lu l'ouvrage « Légende et tribulations du Vice-Roi des Indes » de Sanjay Subrahmanyam, la référence sur la vie du plus grand des navigateurs. « L'Ombre » féru d'histoire lui donna le change avec un plaisir non dissimulé.

C'était la première fois qu'il rencontrait quelqu'un comme Bente. Après avoir réglé son compte à Pierre et sa famille, il reviendrait la voir. Il lui promit en tout cas.

Cette fois-ci, « L'Ombre » avait été démasqué. Mais ordinairement, il prenait l'apparence, le comportement et la personnalité d'un autre sans difficulté. Il était alternativement de gauche, de droite ou extrémiste. Il était religieux. Il était athée. C'était un vétéran de la guerre du Golfe, un trader de la City, un pécheur de perles de Bora Bora.

Avant de devenir « L'Ombre », il était Daniel et étudiait la géologie. Au cours de sa dernière année, il fit la connaissance d'un homme se faisant appeler Luther.

Luther travaillait pour les cartels. Il connaissait la vie de l'étudiant par cœur. Parents morts dans un accident de voiture. L'enfant rescapé par miracle. Trois familles d'accueil. Engagé comme parachutiste trois ans. Retour aux études. De brillantes études.

Luther était une sorte de recruteur. Il faisait son marché parmi les anciens militaires. Les morceaux de choix étaient ceux qui retournaient sur les bancs de la fac.

Le drame qu'avait vécu Daniel était, aux yeux de Luther, un atout majeur pour le travail.

Luther lui apprit tout sur le métier. Le maniement des armes, des explosifs, la psychologie, le camouflage.

Il lui apprit que le plus important, dans le métier, était de savoir garder l'anonymat.

Daniel apprit comment disparaître. Avec l'aide de Luther, il partit à la recherche, d'un homme de sa corpulence, le plus ressemblant possible. Ils trouvèrent la perle rare. Antonio Javier, un mécanicien automobile de Madrid qui accepta, sans difficulté, de se rendre au Panama, en avion, avec les papiers de Daniel. En plus du voyage, il bénéficierait de 2000 dollars en espèces et en gagnerait autant au retour.

Daniel fît exploser l'avion au-dessus de la mer des Caraïbes. Il liquida Luther et toute sa famille.

À l'enterrement de Daniel, il n'y eu que quelques étudiants, ceux qui étaient dans sa classe. Aucune des trois familles d'accueil ne vint.

« L'Ombre » provoqua, pour chacune des trois familles, des accidents de voiture mortels et se débarrassa aussi de Daniel, en ne gardant que la noirceur de son ombre.

Il fît savoir aux cartels qu'il n'y avait plus de Daniel, ni de Luther mais seulement « L'Ombre ». Pas de problème.

À ses heures perdues, il se replongeait dans l'étude de la géologie.

Il regagna son appartement et s'installa à la fenêtre avec son équipement. Il tenait maintenant dans son viseur le petit Hugo. S'il commençait par le petit, il n'aurait aucun mal à atteindre la femme et enfin le père, comme dans une sorte de nouvelle trilogie divine.

Mais, une alarme se déclencha. Quelqu'un montait à l'étage. Il avait installé de très discrètes caméras dans l'escalier qui menait à son appartement. Il fallait agir vite car bientôt la famille de Pierre serait hors de portée.

Il alla voir sur le moniteur à qui il avait affaire, pour évaluer la situation. Les frères, Hudson et Matthew Walker, venaient rendre une visite de courtoisie. Un informateur avait profité de la récompense proposée par les Australiens sur les réseaux sociaux.

En voulant se rendre à l'extérieur de l'appartement, « L'Ombre » s'était exposé, et un sniper embusqué engagé par les Walker, équipé d'un fusil à silencieux, en profita pour atteindre le tueur des cartels à l'épaule.

« L'Ombre » était à terre.

Le jeu se compliquait. Il fallait dégommer, soit le petit, soit le sniper, soit les frères Walker. « L'Ombre » savait qu'il ne survivrait pas.

Avec un fusil qui gisait au sol, il entreprit de se lever et, sans lunette de visée, atteindre le gosse, pour son ultime fait d'arme.

Il n'aurait pas le temps d'éviter le sniper et tout de suite débouleraient les frères Walker pour l'achever.

Alice et Pierre, portant Hugo sur les épaules se trouvaient exactement en face de l'appartement.

« L'Ombre » sauta sur ses pieds et appuya sur la détente du fusil.

Chapitre 7 : Adieu Amsterdam

« L'Ombre » se disait qu'il serait temps qu'il parte à la retraite. Il aurait dû atteindre sa cible mais aucune balle ne s'échappa du canon.

En réalité, l'étrange vieille femme moche apparut au même moment et désagrégea son arme. Le fusil se transforma littéralement en poussière noire. Matthew arriva en premier. D'un coup d'épaule, il fracassa la porte d'entrée. Hudson lui emboîta le pas et tous se retrouvèrent dans le salon.

Même si on ne pouvait pas à proprement parler de souffrance, il en coûtait à l'étrange vieille femme moche de provoquer des phénomènes hors du commun. Elle risquait même d'en mourir.

Depuis la dernière apparition dans le bureau de Pierre, la vieille avait voyagé. Elle séjourna à Paris, où elle se délecta des musées du Louvre, d'Orsay et de la Bibliothèque nationale de France.

Elle passa quelques mois à Tanger pour ses tangerines. Elle passa plusieurs mois à Menton pour ses citrons. Elle passa plusieurs mois à Québec pour son sirop d'érable.

En chemin elle vint en aide à d'autres Pierre, et des Michel, des Logan, des Charlotte, des Béatrice, des Sofia.

Elle détestait toujours les humains mais adorait l'humanité, la fraternité, l'amitié, la poésie.

Elle relut tout Hemingway à Tanger. Au cinéma Saint André des arts à Paris, elle revit et revit Paris Texas de Wim Wenders.

Elle se documenta sur Evelyn Beatrice Hall, cette femme de lettre qui avait fait croire à tout le monde que Voltaire avait la paternité de cette fameuse phrase : « *Je ne suis pas d'accord avec ce que vous dites, mais je me battrai jusqu'au bout pour que vous puissiez le dire.* »

Cela la fascinait, qu'une femme plébiscite autant un homme et lui concède une phrase qui traduira, sans aucune ambiguïté ensuite, toute la pensée Voltairienne.

L'étrange vieille femme moche, comme tout un chacun, était à la recherche de son moi profond.

Avec Pierre elle avait fait un bout de chemin. Cela lui avait coûté. La disparition de Marianne l'avait vraiment bousculée. Pourtant, elle avait tenu le coup et réussi à remettre sur pied ce pauvre Pierre.

Les supermarchés, les promotions sur les cuillères en plastiques, les jetons de caddie ne l'avaient pas franchement emballée. Il fallait passer par là.

Elle profitait de son repos. Mais à chaque instant, « L'Ombre » pouvait se manifester. Elle sentait sa malice, son souffle.

Elle n'avait jamais connu quelqu'un comme « L'Ombre ». Il transpirait d'une démence noire et elle se demandait parfois s'il ne provenait pas directement de l'enfer.

Un jour, elle sentit que le danger était autour d'Hugo. Elle se rua vers Pierre et sa famille en se téléportant en Hollande.

Elle reconnut l'âme visqueuse de « L'Ombre » dans les rues d'Amsterdam et dénicha son quartier général.

Avant de quitter ce monde, par la fenêtre elle aperçut Hugo sur les épaules de son père, avec Alice à ses côtés.

Ce soir, avec leurs amis, à table, ils riraient aux éclats. Après le dessert, ils iraient faire une promenade. Alice marcherait pieds nus. Ils auraient des idées de voyage. La lune serait légère et les étoiles frétilleraient.

Derde Oosterparkstraat 288, Amsterdam, il ferait encore jour, le propriétaire de Glashandel van 't Hull, 125 ans d'expériences dans le verre, abaisserait le rideau de sa devanture. Un mince filet de lumière s'échapperait, traverserait un dauphin de verre, se multiplierait et illuminerait le chausson de cristal d'une ballerine dans sa boîte à bijou et se multiplierait...

« L'Ombre », les frères Walker et le tireur embusqué, tout ce monde-là, la vieille les avait amenés avec elle pour une autre mission. Son travail était terminé avec Pierre. Il lui restait à s'occuper de ces quatre-là.

Pierre avait 40 ans quand il quitta PIA. Son avenir serait des plus incertains. Plus de calcul. Plus de simulation. Plus de garde du corps. C'est tout ce qu'il désirait.